Des Abenteuerlichen Simplicii
VERKEHRTE WELT

Hans Jakob Christoffel von Grimmelshausen

Impressum

Autor: Hans Jakob Christoffel von Grimmelshausen
Umschlagkonzept: toepferschumann, Berlin

Verlag: tradition GmbH, Hamburg
ISBN: 978-3-8424-0536-3
Printed in Germany

Tucholsky Wagner Zola Scott Sydow Freud Schlegel
Turgenev Wallace Fonatne

Twain Walther von der Vogelweide Fouqué Friedrich II. von Preußen
Weber Freiligrath

Fechner Weiße Rose von Fallersleben Kant Ernst Frey
Fichte Richthofen Frommel

Engels Fielding Hölderlin
Fehrs Faber Flaubert Eichendorff Tacitus Dumas

Maximilian I. von Habsburg Fock Eliasberg Zweig Ebner Eschenbach
Feuerbach Ewald Eliot Vergil

Goethe Elisabeth von Österreich London
Mendelssohn Balzac Shakespeare Dostojewski Ganghofer
Trackl Lichtenberg Rathenau Doyle Gjellerup
Stevenson Hambruch
Mommsen Tolstoi Lenz Hanrieder Droste-Hülshoff
Thoma

Dach Verne von Arnim Hägele Hauff Humboldt
Reuter Rousseau Hagen Hauptmann Gautier
Karrillon Garschin Defoe Baudelaire
Damaschke Descartes Hebbel
Hegel Kussmaul Herder
Wolfram von Eschenbach Dickens Schopenhauer Rilke George
Bronner Darwin Melville Grimm Jerome Bebel Proust
Campe Horváth Aristoteles
Bismarck Vigny Barlach Voltaire Federer Herodot
Gengenbach Heine
Storm Casanova Tersteegen Gilm Grillparzer Georgy
Chamberlain Lessing Langbein Gryphius
Brentano Lafontaine
Strachwitz Claudius Schiller Kralik Iffland Sokrates
Katharina II. von Rußland Bellamy Schilling
Gerstäcker Raabe Gibbon Tschechow
Löns Hesse Hoffmann Gogol Wilde Gleim Vulpius
Luther Heym Hofmannsthal Klee Hölty Morgenstern
Roth Heyse Klopstock Kleist Goedicke
Luxemburg Puschkin Homer Mörike
La Roche Horaz Musil
Machiavelli Kierkegaard Kraft Kraus
Navarra Aurel Musset
Lamprecht Kind Kirchhoff Hugo Moltke
Nestroy Marie de France
Laotse Ipsen Liebknecht
Nietzsche Nansen
Marx Ringelnatz
von Ossietzky Lassalle Gorki Klett Leibniz
May vom Stein Lawrence Irving
Petalozzi Knigge
Platon Pückler Kafka
Sachs Poe Michelangelo Kock
Liebermann Korolenko
de Sade Praetorius Mistral Zetkin

Der Verlag tredition aus Hamburg veröffentlicht in der Reihe **TREDITION CLASSICS** Werke aus mehr als zwei Jahrtausenden. Diese waren zu einem Großteil vergriffen oder nur noch antiquarisch erhältlich.

Symbolfigur für **TREDITION CLASSICS** ist Johannes Gutenberg (1400 — 1468), der Erfinder des Buchdrucks mit Metalllettern und der Druckerpresse.

Mit der Buchreihe **TREDITION CLASSICS** verfolgt tredition das Ziel, tausende Klassiker der Weltliteratur verschiedener Sprachen wieder als gedruckte Bücher aufzulegen – und das weltweit!

Die Buchreihe dient zur Bewahrung der Literatur und Förderung der Kultur. Sie trägt so dazu bei, dass viele tausend Werke nicht in Vergessenheit geraten.

Grimmelshausen

Des
Abenteuerlichen *Simplicii*
VERKEHRTE WELT

Nicht / wie es scheinet / dem Leser allein zur Lust und
Kurtzweil: Sondern auch zu dessen aufferbaulichem Nutz
annemlich entworfen
von
Simon Leugfrisch von Hartenfels.

Titul-Kupfers Erklärung

Der Hirsch den kühnen Jäger legt /
Der Ochs manchmahl den Metzger schlägt /
Der Arm dem Reichen Steuer trägt /
Zur Arbeit der Soldat sich regt /
Der Bauer in Waffen sich bewegt /
Solch Ding die Welt zu üben pflegt.

Gedruckt im Jahr 1672.

ERstlich bitte ich / verzeihet mir / Hochgeehrter Großgünstiger
und *curioser* lieber Leser etc. Wann ihr mich betrogen findet /
dafern ihr villeicht vorstehents Kupferblat sambt dem Titul nur
angesehen / und euch darauff eingebildet / ihr werdet sonst nichts
anders als kurtzweilige: Doch denckwürdige Historien / Wunder-
fäll und seltzame Geschichten / die sich etwan da und dort in unserer Jrrdischen so genanten Verkehrten Welt zugetragen / zulesen
haben; Als nemlich / wie wunderbarlicher Weiß hier das Wilt den
Jäger jagt und erlegt; Wie unversehens dort der Ochs den Metzger
metzget und umbgebracht / und so fortan; Warumb solte aber ich
dergleichen Sachen beschreiben / die wir täglich vor Augen sehen?
Es wehre ja unnötig und vergeblich; wir können ja alle Tag augen-
scheinlich warnehmen / wie der tapffere Soldat / der ehemahl den
Feind gejagt / das Vatterland geschützt / Städ eingenommen /

Länder bezwungen / Beuthen gemacht und den Bauren gedruckt / sich jezunder selbst ducket / schmüget / bieget und Baurn-Arbeit verrichtet; Hingegen aber der Bauer oder sein Hansel unter dem Ausschuß in einem lieberey Röcklein pravirt und mit Gewehr sich exercirt. Man siehet ja offt / wie der Edel bettelt / der Unedel dominirt / der Arm dem Reichen gibt / der Grobianus das Præ hat / der kluge Höffling aber dahinden stehet; Jch hab selbst gesehen Lahme tantzen die reich waren / und Bettler auff Krucken sehen gehen / die doch gerade Füß und Schenckel hatten / was bedarffs dann darvon viel schreibens? Derowegen will ich hier etwas aus einer andern Verkehrten Welt vormahlen / worinnen nemblich der Arme Lazarus / dem vor zeiten die Hund seine Geschwere leckten / mit himlischer Freude getröstet: Der reiche Prasser aber welcher täglich herrlich zuleben gewohnet gewesen / mit höllischer Pein gequelet wird; Wo die Tyrannen / die etwan zu ihrer Zeit der gantzen Welt zubefehlen hatten / jezunder in ihrem unaussprechlichen Schmertzen sich verwundern / daß die Jenige / deren Leben sie vor ein Thorheit und spöttisch Beyspiel gehalten / und die sie in ihren angestellten *persecutionibus* grausamlich töden lassen / nunmehr unter die höchste Freund Gottes gerechnet und gesetzt worden; Sehet Hochgeehrter lieber Leser / von einer solchen verkehrten Welt werdet ihr hierinnen etwas zulesen finden; Wann ihr aber villeicht vermeinen möchtet; ob hätte ich die höllische Qual viel zu grausam entworffen / und der Teuffel sey nicht so schwartz als man ihn mahle; So wisset zweitens / daß ich davor halte / gleich wie es unmüglich ist / die himlische Freud der Seeligen auszusprechen / daß es auch eben so ohnmüglich sey / die Pein der Verdambten nach ihrer grösse zubeschreiben; Solches bezeugt *Cæsarius* mit diesem Exempel / in der Gegent *Basilivaria*, spricht er / starb ein reicher Mann / nach seinem Todt erschiene er seiner Hausfrauen und vermeldet ihr seine Verdamnus; Sie fragte ihn / ob ihm dann seine grosse Allmosen nichts geholfen hätten? Er antwortet / nein / Ursach / weil er sie nicht auß Lieb zu GOtt und seinem Nechsten / sondern auß eitler Ehr hingeben; Das Weib fragte ihn ferner von andern Dingen; Er aber sagte seines bleibens wehre da nicht länger: Er litte solche Pein / wann alles Laub von allen Bäumen in Zungen verwandelt würden / so könten sie solches doch nicht aussprechen: Und Cyrillus schreibet in den Wunderwercken *sancti Hieronymi*, daß einer aus dreyen Todten / die Hieronimus erweckt / gesagt: Wann der Mensch empfinden und erkennen solte wie schwer und ohnleidenlich die Höllische Pein sey / so würde er lieber aller Menschen zeitliche Pein und Marter leiden / die von Anfang biß ins End der Welt gelebt und gelitten / als nur einen einzigen Tag die höllische Qual gedulten wollen; Nun wers nicht beyzeiten glauben mag / der mag sie (aber ach lieber besorglich viel zuspath) selbst empfinden; Die Güte Gottes wolle uns beydes vor solchem Unglauben und vor der schrecklichen Pein selbsten gnädiglich bewaren; Drittens kann ich hier unangezeigt nicht lassen / daß ich offt wenig Dancks damit verdienet / wann ich die Warheit geredet oder geschrieben; Aber villeicht wars mein eigen Schult / ich hab etwan geirret / dann Jrren ist Menschlich; Solte ich nun in dieser meiner verkehrten Welt wider geirret / und wider mein bessere Verhoffen auff einen oder den andern aus meinem werten Lesern die Unwarheit ausgeben haben / so wehre mirs hertzlich leid / derwegen einen jeden der sich solcher Gestalt beleidigt zuseyn vermeinet / zum aller freundlichsten bittent / er wolle aus Christlicher bescheidenheit mir meinen Fehler vergeben / und so viel an ihm ist / mich durch eigene *correction* zu einem Warsager machen; Darvor ihm GOtt im Himmel den ewigen Lohn geben wird.

ALs ich nechstverwichenen Aprilis an das Gebürg gangen war /
mich in dem ersten Grünen zuergetzen und zugleich allerhand
neugeborne Kreuter in meine Haus-Apoteck zusamlen; Erhub sich
ohnversehns ein solcher Platzregen / daß ich gezwungen wurde /
mich irgenshin ins Druckene zu *salvi*ren / wie ich dann dem nechsten Wald zuflohe und mich unter einen Baum stellete; Aber dieser
konde mich vor der Nässe nicht vollkömmentlich beschützen / sahe
mich derowegen nach einer bequemern Gelegenheit umb / und
wurde eines alten holen Baums gewar / der mir zu meiner damahligen Nothturfft nicht erwünschter hätte vorkommen mögen; Jch
war aber kaum hineingeschloffen und meiner *commodi*tet nach recht
nider gesessen / da gieng demselbigen sein mürber mülbichter
Boden aus / wie einem alten versporten Faß; Also daß ich anfing
hinnunder zurumpeln / und nicht wider auff hörete / biß ich gar in
die Höll kahm.

Jch fülete die Hitz der höllischen Flammen nicht (ohne Zweiffel
darumb dieweil ich noch nicht gestorben / und GOtt Lob auch
nicht verdambt gewest) wie wol es allenthalben glüte wie in einem
offen darinnen man das Glaß macht oder Metal schmelzet / die
Seelen der armen Verdambten stoben mit und in den Flammen in
die höhe wie die Feuerfuncken in deß Vulcani Werckstatt / und
fielen iedesmahl mit einem erbärmlichen Geheul und Jammer-
Geschrey wider herunter in die Tieffe ihrer bestimbten Hitz und
allergrösten Qual / wie die Schneeflocken / doch nicht so weiß
sondern gantz glühent / diß waren lauter Heiden auß allerhand
*natio*nen und Völckern / die GOtt nicht erkant noch ihm gedienet:
Sondern ihren viehischen Anmuthungen und Begierden in ihrer
Blindheit gefolgt / und zum Theil in ihrem Leben den Teuffel ange-
betet hatten / durch welcher *assingnir*ten Ort ich wohl anderthalbe
Tag zufallen hatte / ehe ich das Quartier der Mahumetaner erreich-
te / als die zunegst unter ihnen ihr Loge haben / in welcher Zeit ich
mich dann mehr als genugsam umbsehen / und von einem und
anderm den Augenschein einnemen kante / unter diesen letztern /
welche zum Theil in Türcken / Persern / Tarttarn / Arabern /
Jndianer / Assianer und Affricaner bestunden / gab ich genaue
Achtung / ob ich kein Musselmaner oder Mamelucken unter ihnen
sahe / und als mir kein einziger zu Gesicht kam / vermeinte ich sie
wehren villeicht nach Crafft des heiligen Taufs an einen andern

leidentlichen Ort als die geborne Mahumetisten / vornemlich und
weilen ich sonst auch noch keine verdambte Christen gesehen; Welche Meinung schier bey mir gestärckt wurde / weil ich gleich unter
diesen nichts als lauder Juden und dergleichen Völcker antraff / die
auff Erden gewürdigt worden / des ersten heiligen Bunds / den
GOtt mit den Menschen durch die Beschneidung gemacht / theil-
haftig zu seyn; Als ich aber auch durch diese passirt war / traff ich
ersten die Kinder der *Schismaticorum* und Ketzer an / die auff Erden
in einer zwar Christlichen doch irrigen Religion gelebt: Und dann
nach diesen die jenige so zwar den rechten allein seeligmachenten
Glauben gehabt / demselben aber nicht gemäß gelebt hatten; Allwo
es unterschiedliche Peinen und Marter abgab; Weiters unter ihnen
befanden sich die jenige so aus lauter Boßheit und Hoffart Ketzeri-
sche Religionen angefangen und unter diesen; Allerdings in untersten Abgrund der Höllen waren die / so von dem Christenthum gar
abgefallen / GOtt und ihren Glauben verlaugnet / und sich entweder zu den Unglaubigen des Christlichen Glaubens Feinden / oder
gar in Bündnis und Dienste der bösen Geister begeben hatten / und
Dergestalt bin ich von der Erden biß in den untersten Abgrund der
Höllen hinunter gefahren / allwo ich bey des Käysers *Juliani
apostatæ* Trohn mich gleichsam wie ein Katz die von oben herab
geworffen worden / mit allen vieren auff dem Boden erhielte /
ohne daß mir im geringsten etwas Leids oder Wehe geschehen were.

Dieses Käysers nechste Räth / Uffwarter und Trabanten waren
die Jenige die er in seinem Lebzeiten durch Schmeicheley / Käyser-
liche Gnaden und Befürderungen von dem Christenthum abzufal-
len bewegt; Er hatte zwar einen Habit an wie er auff Erden getragen
/ aber alles von eitel Feuer und unglaubiger Hitz; Er und sein
Thron gläntzte zwar von Purpur / Gold und Edelgestein / aber so
Majestätisch als es alles aussahe / umb so viel desto grössere Qual
litte er von solcher seiner höllischen Zierde; und anstat daß ihm
diese seine *favori*ten / die ihn etwan in ihrer Zeitlichkeit als einen
irrdischen GOtt angebettet hatten / anjetzo auch Schmeichlen und
wie bey den Hoffhaltungen auff Erden üblich ihn ehren solten /
stiesen sie ihm ihre glühende Waffen mit grimmiger Wuth nacheinander durchs Hertz / schlugens ihm umb den Kopff und zerzau-
seten ihn bey den Bart und Haaren / daß die Feuerfuncken darvon

stoben; Und solches so ohnauffhörlich und mit solchen erschrecklichen verfluchungen / daß ich / wie ichs anfänglich sahe / mir nicht
einbilden konde / daß ein grausammere Pein in der gantzen höllischen Ewigkeit zufinden sey; Das schrecklichste war / daß keiner
unter ihnen allen / wie auch allen andern Verdambten noch so gut
im Angesicht aussahe / als etwan der Heßlichste und Elendeste
Mensch auf Erden sehen möchte / sondern sie erschienen so wohl
von selbst leidender Qual und Marter als rachgierigen Zorn so verstellt / daß die jenige so auf Erden mit der schweren Noth oder
Unsinnigkeit beladen oder mit dem bösen Geist besessen / in ihrem
paroxismo gegen ihnen wie schöne Dames und junge Cavallier zu-
schetzen; Solches ihr entsetzlichs und abscheulichs Aussehen / und
die Werck die sie gegen ihrem Käyser zuverüben durch immerwe-
rende Qual und Höllenschmertzen genötigt wurden / machten daß
ich sie anfänglich vor böse Geister hielte; Jch hatte ihnen aber nur
ein wenig zugehöret / da vernahm ich und merckte aus ihren erschrecklichen Vermaledeyungen / daß das gemeine Sprichwort auf
Erden nit durchaus erlogen / wann man nemlich spricht: Es seye je
ein Mensch des andern Teuffel / massen Julianus diese mit sich in
die Hölle gezogen und sie verführet wie der Teuffel selbst zuthun
sich befleist / sie aber ihn aniezo in der Hölle ewiglich peinigen /
welches neben ihnen auch die Teuffel zuverrichten pflegen.

Ein jeder / der sein Lebtag nur ein einzigmahl ein Gespenst oder
nur ein feurigen Mann oder Jrrwisch / wie mans theils Orthen zu-
nennen beliebt / so nahe bey sich gesehen / kann sich leicht einbilden / wie mir damals zumuth gewesen? So weit kahms in selbigen
Augenblick mit mir / daß ich vermeinte vor Forcht / Schrecken
und Entsetzung zusterben; Jch sahe mich auch schon nach dem
Platz umb / auf welchen ich zuligen kommen würde / wann ich
solcher Gestalt todt nider sincken solte / aber in dem ich mich in
selbigen Todts-Aengsten dermassen umbsahe / erplickte ich meinen *Genium* zunechst bey mir / welcher mich in dieser meiner
Trostbedürfftigkeit erinnerte / ich sollte ein besser Hertz fassen und
gedencken / daß ich in der Höll zu sterben nicht *prædestini*ret sey.

Ach wie wurde ich so fro / da ich in diesem erschrecklichen Ort
mir jemand einen Trost zusprechen hörete! Und eben deßwegen
erholete ich mich stracks widerumb / und sahe daß sich Julianus
wider auffrichtete / und die jenige die ihn so übel tractirt gehabt /

dermassen angriffe / daß er sie alle so viel umb ihn wahren / mit seinen glühenden Schwerd in kurtzer Zeit so klein zerhackte wie ein Lungen-Muß / oder wie ein Füllsel in der Leberwurst / in welcher Gestalt sie zu siden / brodlen und braden anfingen / biß sie endlich gantz glühend wurden wie das Eisen in einem Schmeltz-Ofen / daraus man Stangen / Stäb und Platten giesen will.

Da er nun mit dieser Niderseblung fertig war / sahe er auch mich mit einem solchen Angesicht an / wie ich droben gemeldet das die Verdambte haben; Er fragte wer ich wehre und was ich da zuschaffen hätte? Und solches thät er mit dermassen grausamen Minen und entsetzlicher Gestalt / daß ich vor Forcht verstumbte / aber mein *Genius* antwortet ihm / er ist ein noch lebender Mensch / der / wie etwan andere vor ihm gethan von Erdboden herunter in diese höllische Wohnung spazirt / sich der Verdambten Zustand und Beschaffenheit zuerkundigen; *ô mirum!* brülte Julianus auff / was vor ein beginnen ist diß? Könte ich einen Augenblick widerum droben seyn / ich getrauete mir ihn anzulegen / daß ich in Ewigkeit nicht hiher kommen dörffte; Wie stehets und gehets aber dorten? floriret deß Nazareners Ehr und Lob noch / oder haben die Hebreer Jerusalem und ihren Tempel wider gebauet? Und wie lebt der Römische Käyser zu Constantinopel? Hat selbiger mein Nachfahr die Parthier überwunden / oder gleich wie ich die Zähn an ihnen ausgebissen? Mein Fremdling theile mir doch solche Zeitung mit / sintemahl uns die Gebühr nicht gönnet / etwas dergleichen von andern neuen Ankömlingen / die zu uns in ebenmässige Verdamnus (darin wir sind) gerathen / zu unserm Trost oder Ergezung zu erfahren.

Diß waren wohl freundlich bittende Wort / sie flossen aber auß einem solchen grißgrammenden Maul und Angesicht / daß mich an statt einer bewöglichen Anmuthung und Lieblichkeit anzannet! Gestaltsamb ich darüber also aus mir selbsten kam / daß ich so lang dort stunde wie ein Bildstock / biß mich mein Genius in ein Seite stieß / und vermahnete ich solte Antwort geben; kecklich (sprach er zu mir) sage ihm unter Augen was du wilst / und wisse / daß du nicht hier bist / diese Elende zutrösten / als die in Ewigkeit keines Trosts fähig seyn; Darauff fasste ich ein Hertz wie Dametas in Philipen Sideney Arcadiam gethan / da er den Cliniam mit fechtender Faust überwünden wolte; Jch wurde gehling so kühn zu antworten / ich hätte doch ihn umb seiner Beschaffenheit und wie er hieher

kommen / noch nicht gefragt; Er solte mich zuvor ein wenig er-
schnauben lassen / ehe er mich dergestalt anfahre / ja ich war so
ungehalten zusagen: Daß es nicht mehr umb die Zeit sey / darinnen
er als ein Mächtiger Potentat mit zornigen Plicken oder mit wincken
zubefehlen hätte / wie etwan auff Erden sein Gewonheit gewesen.

Julianus antwortet / närrisch würdest du fragen / wie und warumb ich hieher kommen? Sintemahl aller Welt mehr als genugsam
bekant / daß mich mein Abfall vom Christenthumb / und mein
geführtes Gottloses Leben in diese Verdamnus gestürtzet; Jch sagte
/ warum bist du dann O Käyser abgefallen? Da doch zu deiner Zeit
und etwaß vor dir / die Christliche Religion zum schönsten zu grü-
enen und zu *floriren* angefangen.

Das ist war / antwortet Julianus / die Christliche Kirch fieng
zwar damahls recht an offentlich aufzugehen und sich herrlich sehen zu lassen / gleichwie aber keine Rosen ohne Dörner wachsen /
also hatte sie auch neben ihrer Glückseeligkeit ihre Anstösse und
solche Trübsal / die aus Verhängnis und Zulasung deß Höchsten
genugsam waren / daß sich so beschaffne Menschen wie ich von
Natur einer war / leichtlich daran ärgern: Und also die Prob ihrer
Beständigkeit nicht erharren noch beweisen mögen / daß sie war-
haffte Christen gewesen; Und dieses war ein Art des Unkrauts /
welches nach Vorsag und Warnung des Haupts der Christen der
Feind des Menschlichen Geschlechts in den Acker des Höchsten
Numen unter den guten Saamen zuwerfen pflegt / dann siehe bey
Regierung meines Vattern Brüdern des Römischen Käysers
Constantini Magni welcher die Kirch durch seine Gewalt herrlich
gemacht und mit Reichthum zum Unterhalt der Geistlichen genugsam versehen / thät sich Arrius ein Christlicher Priester hervor /
eben in dem Jahr darin ich den ersten Athen in der Welt geschöpffet
/ dieser zerspielte durch seine irrige Einfäll oder vielmehr durch
des Satani Eingeben die Christliche Einigkeit in zwey theil / und
erregte zwischen demselbigen nicht allein Neid und Haß sondern
auch grausame Verfolgung und Blut vergiesungen; Da verdamte je
ein Theil das ander in den höllischen Abgrund herunder! Es man-
gelte da nicht an allerhand spöttischen Nachnahmen / Verleum-
tungen und Bezüchtigungen damit sie ein Theil das ander belegte /
beschimpffte und verkleinerte nicht allein zu grossen Aergernuß
der Christen selbst / sonder auch der Juden und Haiden / die jezo

zum theil resolvirt waren / gewisser die Tauff zuempfangen / nun mehr aber wider zuruck giengen und sich einbildeten es wer an keinen Theil kein gut Haar; Hierzu kam ferners / daß die Jenige deren Vorfahren etwan kurtz zuvor in aller Demuth / den evangelischen Thugenden ergeben / gantz vollkommen und heilig gelebt hatten / allbereit anfiengen sich auffzubürsten / und weil sie mit Römischen Reichthumben überschüttet worden / sich wie die Weltliche herfür zuthun / auch des weltlichen Gewalts und deren Aempter und was mehr ist / einer sondern Botmässigkeit über die Jenige so solchen Gewalt von Altersher getragen sich anzumassen / welches bey mir und meines Gleichen gebornen Printzen kein gut Geblüt setzte; Geschweige jetzt hier des einen und des andern absonderlicher Laster / dardurch so wohl ich als das Volck geärgert wurde; Daß war nun die Wirckung des empfangenen Gifft-Truncks der Christlichen Kirchen / davon drey Jahr vor meiner Geburt und des Arrij Abfall zu Rom im Lateranischen Pallast durch ein grosses Wunder anregung gethan worden / damals wurde ich beydes in Kriegswaffen und den Studiis auferzogen / ich sahe der abscheulichen Verwirrung die sich zwischen den Rechtglaubigen und Arrianern enthilte von fernen zu / und weil ich mir einen treflichen Verstand einbildete / der dann auch so viel das Politische Weltwesen anbelangt / nicht höltzern war / sihe so erkühnte ich beyder widerwertigen Theil Thun und Lassen Handel und Wandel / und endlich auch die gantze Christliche Religion nach dem verjungten Masstab solcher meiner blinden Vernunft in meinem Sinn zuvertheilen / und begunte also an der Reinlichkeit meines einfältig-Christlichen Glaubens die erste Anstöß und Gefahr / und endlich auch weil ich mir selbst zuviel zutraute / gar Schiffbruch daran zuleyden / vornemlich / alß ich beydes mit rechten Christen und Arrianern / mit Juden und abgöttischen Heiden / mit Gottseeligen Leuten und auch mit Zauberern umgieng; Und als ich den Betrug und den Untergang der alten heidnischen Götter sahe / die doch ehe mahlen von aller Welt so hoch geehret und angebettet worden; So hielte ich auch bey nahe was Christen und Juden von dem wahren GOtt glaubten / vor Gedicht / Mährlein und ein lauters Spiegelfechten der Jenigen / die wegen ihres *interesse* die Welt mit solchen Fabulen erfülten und unterhilten / insonderheit der Ursachen halber weil ich sahe / daß selbige selbst nicht vollkommen hielten was sie andern lehrten noch am wenigsten schienen / daß sie begehrten zuhalten und zuthun / waß sie ihre Vorgänger und deren hinderlassene Wort und Schrifften geheisen.

Weil nun Satanas seinen Zutrit bey mir sahe / wolte er ihme solchen zu nutz machen / derowegen bliese er ohnfeyerlich zu / und ruhete nicht bis er mich zu etlicher seiner Zauberer / und endlich auch in seine eigne Kundschafft brachte / da erfuhre und wuste ich aber viel zuspath / zwar eigentlich daß ein einiger ewiger warer GOtt war / als dem ich in der Bündnis so ich mit den höllischen Geistern getroffen / absagen müssen; Hatte aber die Gnad verschertzt / solches einfältiglich zuglauben / welche Gnad und hohe Gabe Gottes der einige Weg zur ewigen Seeligkeit ist; Dann mit solcher gewissen Wissenschafft die mich des Glaubens ohnbedürfftig machte / gerithe ich gleichwohl hie her als die Atheisten / welche nicht glauben wollen / was ich eigentlich wuste.

Jn dem ich nun so dahin lebte / also daß ich handgreifflich merckte / daß die Seeligkeit meines künfftigen Lebens in der andern Welt verschertzt were / derowegen so gedachte ich mir das Gegenwertige desto besser zunutz zumachen; Jch erlangte beydes meines Herkommens / als meiner glücklichen und sieghafften Kriegs-Waffen wegen / allein das Käyserthum; Und als ich anfieng als ein Käyser zu herrschen / so unterliese ich auch mitnichten / die ohne das wohlgeplagte und in Uneinigkeit zerspaltene Christen zu tyrannisiren und sie so heimlich als offentlich aufs eyferigst zuverfolgen; Jch schrieb und *disputi*rt wider sie und ihre Religion / ich unterstund sie mit List / mit Freundlichkeit / mit Verheissungen / mit Betrohungen / und wann diß alles nichts helffen wolte / mit Gewalt von Christo abzuziehen und zu Verehrung meiner Abgötter zubringen / und das Christenthum nach meiner Möglichkeit zuschwächen / weil mir von denen die ich anbettete / ein *Oracul* worden war / daß mir durch einen getreuen Diener des Nazareners der Rest meines zeitlichen Lebens abgekürtzt werden solte; Aber waß thät ich armer Mensch? Der da wegen habenden Gewalts auffgeblasen / aus seinen glücklichen *succes*sen hoffärtig / und wegen eingebilden Witz / die ich zuhaben vermeinte / stockblind war / waß thät ich? Sag ich abermal: Daß ich mich wider den Allmächtigen GOtt setzte / und die Ehr seines allerheiligsten Nahmens untertrücken wolte? Waß richtet ich damit auß? Diß daß ich mitten in meiner eben so närrischen und unsinnigen / als ohnmächtigen

Wuth in einer Schlacht wider die Parthier da ich mich versichert hilte / es könte mich kein irrdischer Gewalt überwinden / durch himmlische Waffen meines unseeligen Cörpers entladen / und in diese jämmerliche Wohnung geföret wurde / also daß ich noch in meinen letzten Aden dem Nazarener öffentlich vor aller Welt bekennen muste / er hätte überwunden; Und gleich wie ich / wann ich recht gelebet / recht geglaubet und recht gethan hätte auf Erden noch lenger leben mögen (dann ich starb in der besten Blüth im 31.Jahr meines Alters) also hatte ich auch vermittelst der Gnad und Barmhertzigkeit GOttes in meinen übrigen Lebens-Rest anstatt der Verdamnus darinn ich jetzunder bin / ein seeligere Ewigkeit erlangen können.

Hiemit hastu nun vernommen / warum und welcher Gestalt ich abgefallen / und derowegen so verhalte mir auch nicht wie es jetzunder auf den Erdboden stehet? Und was ich dich gefragt habe; Nicht daß ich einigen Trost daraus zuschöpfen bequem were / sintemahl an diesem Ort meine immerwehrende Qual weder gemindert noch vermehrt werden mag / sondern damit du die Zeit *passirest* / biß du sehest was ich weiters vor Pein außstehe.

Jch antwortet / was das Reich Christi auf Erden anbelangt / so hat sich dasselbige und also auch des *Salvatoris* Lob und Ehr gleichsam durch die gantze Welt ausgebreitet / und so grosse zu deiner Zeit gantz onbekante Länder erleuchtet / daß man selbige / gleich wie man sie die neue Welt nennet / mit bessern fug der neuen andächtigen Christen Welt nennen mag; Auff der andern halben Erdkugel / das ist in Europa / Asia / Aphrica / Jndia / ist allbereit kein Winckel / darinnen nicht Christen wohnen / die GOTT dienen und ihn nicht offentlich loben und ehren dörfften; Die Juden / ob sie gleich das erste auß allen menschlichen Geschlechten gewesen so GOtt erkant und sein Gesetz gehabt haben; Diese Juden / sage ich: Denen du zu deiner Zeit mit Käyserlichen Gnaden so wohl gewogen und so geneigt gewest bist / daß du auch ihnen zwar den Christen zu Trutz / ihren Tempel wider zubauen gegönnet / seind jezunder das verachteste und verworffneste Volck ja die ärmste Schelmen auff Erden als von einem Potentaten zum andern / von einen Land ins ander / von einer Stat in die ander gejagt werden / und villeicht deswegen überal so ohnwerth sein / wie etwan hiebevor die Schwein in ihren Häusern / weil sie entweder nicht so viel erschachern / daß sie Spentiren können / oder weil sie als abgesagte Feinde deß Christlichen Glaubens denselbigen sambt Christo selbsten alle Tag in ihren Sinagogen verfluchen; Die alte Abgötter der Heiden / auß denen etwan der Teuffel selbst geredet / seind wie du weist / bereits vor deiner Zeit verstumt / und nach deinen Todt sogar außgereutet worden / daß man auch nichts mehr von ihnen weiß / als was man etwan in den Büchern findet / welche man auffhebt / sich über eure Blindheit zuverwundern und Ursach habe / desto mehr GOtt zudancken / daß er uns daraus geführet und mit seiner Erkantnis erleuchtet.

Wie stehet es aber an grosser Herren Höffe? Fragte Julianus / seind ihre Personen auch der Christlichen Religion bey gethan? *Floriret* das *Oriental*isch Käyserthum noch / hat derselbige Käyser mein Nachfahr die Parthier noch nicht unters Joch gebracht? Und gibt es nicht noch wie zu meiner Zeit Streittigkeit und Spaltungen zwischen den Geistlichen in Glaubens-Sachen?

Jch antwortet / an grosser Herren Höffen bin ich zwar sonderlich nicht bekant / weiß aber von Hörsagen / daß es unterschiedlich dabey stehet und hergehet / weil die Potentaten selbst auch unterschiedlicher Religion nachleben / nemlich der Christlichen / der Mahumetanischen Ketzerey / und der Häyden Abgötterey / *Paganismo* und unwissenheit / der Christlichen Religion seind zugethan der Römische Käyser / der Abysiner oder Moren Käyser im innersten Africa / der Mosowitter oder Ressische Käyser / der König der Gallier / der König der Hispanier / der König der Polen / der König der Schweden und Gothen / der König der Britanier / Schotten und Hybernier / der König der Cimbrier und Nordwegier / der Ungaren und Böhmen / und sonsten viel andere grosse Fürsten und Herrn mehr / durch alle 4. Theil der Welt / dem Mahomet seine zu der Türckische Käyser zu Constantinopel / der König in Persien / etliche Sciten oder Tartaren und etliche Jndiander; Der Heidnischen Unwissenheit seind beygethan der Mogul in Ostindien / etliche Sciten oder Tartarn / und dann einige König in den neuerfundenen Ländern / von denen doch ie mehr und mehr zu der Christlichen Religion bekehrt werden. Was nun vor Potentaten dem Christlichen Glauben beygethan sein / bey deren Hoffhaltungen lebet man auch Christlich; Bey den Mahumetanern aber tyrannisch und ohne sonderbare Tugenden / bey den Häyden aber gantz wilt verworren und ohn alle Gerechtigkeit.

Waß underscheits ists / zwischen Christlichen und Tyrannischen / zwischen wilten und tugendlichem Leben? antwortet Julianus: Obengemelter meines Vattern Bruder der grosse Constantinus hatte den Nahmen eines guten Christen und erwise es auch in vielen Stücken mit der Taht; Es wurde aber drum nicht bey seiner Hoffhaltung desto Tugentlicher gelebt; Er selbst liese Licinium / den er in Bithynia bey der Statt Nicomedia zur Gefängnus aufgenommen / über alle Zusagung mit Martiniano tödten / Commodum seiner Schwester Sohn umbringen / Crispum seinen eignen Sohn erwürgen und Faustam seine eigne Gemahlin hat er in einem heisen Bad verbrent; Und gleich wie hieraus an dem Haubt selbsten ein schlechte *Pietet* erscheinet / also gingen auch unter seinen Gliedern / unter seinen *Offician*ten und bedienten beydes zu Hoff und sonsten aller hand Laster im schwang / der Neid und Haß sambt der Verleumdung regirten / Mißgunst florirte / Ehrgeitz und Hoffart war gemeine / man konte *simuli*ren und *dissimuli*ren / List / Lugen / Betrug und Falschheit schwebte oben / dem Geitz war man ergeben / die Füllerey wurde gleichsam täglich getrieben allem Wollust lag man ob / so gar das auch ein Sprichwort davon entstunde / daß man sagte / lang zu Hoff lang zu Höll / und was das allerschlimste gewesen / so war die Warheit so düne gesäet / daß dem Käyser selbst nicht mehr darvor zuteil werden konte / als waß ihm die seinige wolten gönnen / es hätte ihm dann ein unbesonnener Narr etwas mehrers aus Unverstand darvon zukommen lassen; Wann nun diß Christlich bey Hoff gelebt ist / so wüste ich nicht / wie dann die Unchristen / wiltverworne / tyrannisch und ohndugentliche leben könden.

Jch antwortet Juliano / heutigs Tags ist Christlichleben viel ein anders / und wie du ein Hoff-Leben beschreibest / also mag es wohl bey Türcken und Haiden hergehen / welches ich doch schwerlich glaube / bey unseren heutigen Hoffhaltungen werden abgeschafft alle Finantzer und Partitenmacher / alle Ohrenbläser und Mährenträger / alle Fuchßschwäntzer / Schalcks-Narren / Musicanten / Zeitvertreiber und Possenreisser / und wann sich gleich irgents bey Hoff ein natürlicher Narr befindet / so erhält ihn der Fürst aus Barmhertzigkeit / weil er sich sonst nicht Ernähren könte / und gar nicht um seine Lust damit zuhaben / seintemahl er wohl anders zuschaffen und die Edle unwiderbringliche Zeit besser anzulegen weiß / item alle auffgeblasene Hoffärtige / Ehr und Geldgeitzige Leuth; Alle falsche Murmeler und Neidige Verleumdet / alle Naßweyse Esel / deren Art ist andere und anderer Thun und Werck zuverachten / all mutwillige Lappen / Lügner / Betrüger / und waß andern mit einer giftigen Zung schädlich sein möchte; Alle übermässige Fresser / Sauffer / Hurer und waß einigerley Wohllüsten ergeben / alle Unwissende grobe Stockfisch und *Ignoranten* / alle boßhafftige listige Füchß und schädliche Nattern / alle Zancker / Kriegsgurgeln / Eysenbeisser / Haderkatzen und unruhige Köpff / alle faule Müssiggänger / fäige Memen / und in Summa Summarum alles tumme Gesindel / das nicht sonderbare Gaben hat / zugleich GOtt / dem Fürsten und dem Land zudienen / hingegen werden die Hoffhaltungen und Stellen der Fürstlichen *minist*ris und Bedienten mit klugen / gelehrten / weysen / erfahrnen und tapffern Menschen versehen und bestelt die vor allen Dingen GOtt immerzu vor Augen haben / also das dero Einstimmung eine solche liebliche *Harmoni*am abgibt / die vor aller Welt so offentlich als heimlich nicht anders thönet / alß zuvörderst die Ehr des allerhöchsten Gottes zubefürdern / Recht und Gerechtigkeit zuerhalten / einen Jeden bey dem seinigen zuhandhaben / die Lasterhaffte zustraffen / und die Tugendliche hervor zuziehen und vor andern zuerheben / die Arme Unschuldig-Unterdruckte zubeschirmen / das Land und dessen Einwohner in Ruhe / Fride und Wohlfarth zubefestigen / Wittwen und Wäysen zu beschützen / den Betrangten und Nothleydenten zuhelffen / allen Krieg / Unruhe und was GOtt / das Land und die Unterthanen betrüeben mag / zuverhüten; Und Summariter allem Ubel zusteuren / und vorzukommen / und alles zu thun und zulassen / waß sie vermeinen das zuthun und zulassen sey / darob beydes GOtt und Menschen ein Wohlgefallen haben / und sie auch neben dem Fürsten selbst / bey GOtt dem Allwissenden der sie dieser Ursachen halber in solchen Stand gesetzt / zuverantworten getrauten / davon sie dann auch einen Lohn im Himmel / und einen guten unsterblichen Nahmen auf Erden zu ihrem ewigem Lob zuerlangen verhoffen / gleichwie sie hingegen wann sie das Widerspiel thun würden / sich der ewigen Verdamnus befürchten und versehen müssen / daß ihnen die Nachwelt wie allen Tyrannen mit den grausamsten Verfluchungen nachbettete / welche Glückwünschung auch nie / oder doch selten lehr abgehet.

Wann mann jetzunder auf Erden bey Hoff so lebet wie du erzehlest / sagt Julianus / so lebet man gegen meiner Zeit zurechnen / gantz in einer andern / ja gar in einer verkehrten Welt / und hat sich kein Fürst zubesorgen / daß er nach seinem Todt zu mir in diese Jammerqual *logi*rt werde; Aber ein solches Leben ist gleichwol hart und beschwerlich / welches derowegen / wann es tauren soll / zuzeiten mit einigen Ergetzungen erquickt werden muß; Dann es ja ohnmüglich daß ein Fürst jederzeit so beladen gelassen werden kan / sintemahl man auch den lastbaren Thieren zu rechter Zeit ihre Bürde abnehmen muß / wann man anderst nicht will / daß sie darunter erliegen; Was haben derowegen heutigs Tags grosse Herrn vor *recreatio*nes? Erlustigen sie sich villeicht bisweilen mit Jagen?

Jch antwortet / ja wie du fragst / bisweilen / wann sie nemlich sonst keine Geschefften haben / wann es die Klag der Unterthanen über die Mänge des Wiltbrets erfordert / wann es ohne Schaden und Beschwerung der Unterthanen geschehen kan / wann keine sonderbahre Mühe und Unkosten darauff verwendet werden dörffen / und wann man versichert ist / daß der Nutz die Arbeit übertreffen werde; Derowegen werden so selten Jagten gehalten / als bey den Griechen die *Luti Olimpij.*

Weil du / sagte Julianus / der Olympischen Spiel gedenckest / so ermahnest du mich damit eben recht an das Spielen / damit sie sich villeicht ergetzen / als mit Würffeln und Karten / in Bret und Schach / mit dem Ball und Ballonen / mit Steinstosen / Keglen und dergleichen.

Jch antwortet / die Würffel lasen sie den Juden und Soldaten / das Kartenspiel den Spitzbuben / das Spielbret den gemeinen Burgern / Ball und Ballonen der Jugend / Steinstosen und Keglen den Bauren und ihren Söhnen und Knechten / dann gleichwie die Spiel mit Würfflen und Karten mislich sein / und die jenige so denselben nur ein wenig ergeben / je länger je verbichter drauff machen / also meyden sie dieselbe wie die Pest / umb nicht allein die Zeit nicht unnütz hinzubringen die sie zu des Lands und der Unterthanen Wohlfart anzulegen schuldig / sonder auch sich in keine Gefahr zubegeben einigs Geld zuverspielen / als welches in ihren Händen der saure Schweiß der armen Unterthanen zu sein gehalten wird. Hingegen wird das Schachspiel bey ihnen nicht verachtet / zwar nicht ihres Lusts halber / sondern weil es nicht allein grosse Kunst / Vorsichtigkeit und Fleisses / vornemlich aber auch ein ehrliche Ubung des Verstands erfordert / Julianus fragte weiters / haben sie dann villeicht im brauch sich mit dem Tranck / mit Panqueten und Zechen / mit Balletten / Tantzen und Comedien zuerlustiren? Ach nein / antwortet ich / diese Dinge erfordern neben der Zeitverlihrung auch grosse *Spesen* / und weil man heutigs Tags gar nicht gesinnet ist / der Armen Schweiß und Blut unnützlich zuverschwenden / und also dardurch eine künfftige schwere Verantwortung bey GOTT dem Allmächtigen auf sich zuladen / so sihet man bey Hoff alle dergleichen Ding und Eitelkeiten viel seltener als bey den Römern die *Luti Seculares*, welche nur alle hundert Jahr einmal gehalten wurden; Und wann etwas dergleichen einmahl an irgents einer Hoffhaltung geschehen solte / so würde man mit dem der etwan hiebevor beydes Burger und Frembde zu erstgedachten hundert Järigen Spiel einlude / aufschreien können / *venite ad ludos, quos nemo viventium vidit, neque visurus est post ea*, das ist / kombt zu solchen Spielen / welche dern so jezund leben / keiner gesehen noch hernachmahls sehen wird.

Hui! hui! hui! Machte Julianus / oder thönete vielmehr so mit beschlossenen Mund und nickendem Kopff durch die Nase / sie werden gleichwohl sagte er / auch etwas haben sich zuergetzen; Machen sie villeicht Laternen? oder stechen sie Mucken? oder gehen sie villeicht Leffeln wie Heliogabalus? Jch antwortet / gleichwie die erstere beyde Stück verächtlich seyn / und einem Fürsten spöttlich anstünden / auch der König und Käyser so solche getrieben zum

Schimpff nach geschriben worden / also seind sie viel zu gewissenhafftig sich mit dem dritten: Das ist mit lassen Weibsbildern zuschleppen / massen seit deinen Todt niemahlen erhöret worden / daß jemahls ein Christlicher Fürst ein Concubin gehabt / oder in geringsten nur eine andere als seine Gemahlin berühret; Und zu dem haben sie dessen auch keine Ursach / dann man gibt ihnen die schönste Dames zu der Ehe unter welchen sie auch die Wahl haben / und was bildest du dir von ihnen ein? Vermeinestu wohl sie solten sich selbst mit denen Sünden und Lastern besudlen welche sie zustraffen von GOtt gesetzt seind; Jhre Ubungen seind zu müssigen Zeiten nützlich wie des Königs Cyri / der einen Baumgarten mit eignen Händen pflantzet / Trähen / Mahlen und dergleichen Künste die durch künstliche Hände verrichtet werden / seind ihnen bisweilen annemlich / aber doch so weit / daß sie indessen wann sie damit umbgeben / nichts verabsäumen / daran auch nur ihrem allergeringsten Unterthanen gelegen.

Jn dessen als ich solche Relation thät / sahe ich mithin die glühende Materiam / die aus des Juliani nidergemachten Gesellschafft entstanden: und in einen Pfuel wie in eine grosse Bräupfann zusammen geflossen war / noch immer hin sieden; welche strenge Wagulation viel eine andere Würckung hatte / als die Labores etlicher Alchimisten / dann ich sahe daß nach und nach Menschen-Köpffe heraus schossen wie die Kräuter im Aprilen aus der Erden / so / daß es mich natürlich an den Egyptischen Schlam am Nilo gemahnet / daraus Frühelings Zeit Meuse wachsen; diese ragten je länger je mehr hervor / und in dem als mich Julianus noch eins und anders fragte und eben von mir vernommen hatte / daß die Parther jetzunder dem Persianischen Reich *incorporirt*: und schwerlich von dem Türckischen Käiser zu Constantinopel zu überwinden wären / bekamen sie ihre vollkommene Grösse / fiengen darauff an Juliano widerumb mit den giftigsten Schmachworten: Grausamsten Verfluchungen und gleich darauff mit ihren glühenden Waffen erschrecklich anzugreifen / und wie er sie kurtz zuvor tractirt hatte / also machten sie es ihm anjetzo hinwiderumb / also daß er erstlich dort lag in unterschiedliche kleine Particul zerstückelt / und endlich auch zusammen flosse über einen Klumpen / aussehende wie die Massa eines zerschmaltzenen und gantz glühenden Metals.

Man kan wol gedencken / daß ich einen schlechten Spaß hatte / diesem elenden Spectacul länger zuzusehen / derowegen wolte ich mit meinem Genio hinweg / mit welchem ich unterwegs von dieser grausammen Pein redete / da er mir dann sagte / daß es nicht eine von den geringsten Qualen in der Höll wäre / daß die Verdammte einander also hasten und so mit einander umbgiengen / welches gemeiniglich denen widerführe / die einander in diesem Leben in Sünd und Laster verführt: und also einander die Verdammniß verursacht hätten; Jch sagte ihm / daß ich mir etwan eingebildet / die Verdammte sässen nur im höllischen Feur / und je mehr der ein oder ander gesündigt hätte / je mehr müste er auch Hitz leiden; freylich sagte der Genius seynd sie mit finstern schwartzen Flammen umbgeben / deren Hitz sie ewig quälet / daß du sie aber nicht sihest / ist die Ursach / daß ein sterblicher Mensch die Grösse der höllische Peinen eben so wenig zu begreifen vermag / als die unaussprechliche Freud und Wonne der Seligen.

Jn unserem Fortgehen näherten wir sich einem Gekläpff / daß da weit erschröcklicher: aber doch so auff eine Manier lautete / als wann man continuirlich ein Hauffen auffgeblasene Schweins- oder Rinderne Plasen zersprengte; und als wir näher hinzu kamen / höreten wir auch ein darunter vermischtes elendes Geheul / als daß einem die Ohren darvon wehe thäten / und ich dasselbe beynahe nicht zu erleiden getraute; da wir vollends darzu gelangten / war es ein Pfuel ohngefehr so groß als der Feder-See / welcher an statt und in Gestalt des Wassers kohlschwartzes Feuer in sich hatte / das überall voll von Verdammten wimmelte / gleich als wie die stillstehende Wasser-Lachen immer voller Frösch / und im Sommer voll Keulköpffe; wann sich deren einer ein wenig herfür thät und den Kopff auffreckte / witsch / war ein böser Geist vorhanden / der ihm erwischte / und ihm ein Röhr in Hindern steckte / dergleichen man auff den Glaß-Hütten zu gebrauchen pflegt / und bliese ihn damit auff / daß er in kurtzen sich einem Wassersüchtigen vergliche / geschwind aber je länger je grösser und dicker: Ja so ungeheur würde als der gröste Elephant in Zeilon seyn kan / welche schmertzliche Austhönung der Heute und des Jngeweids / ja aller Glieder der Verdammten das Geschrey heraus zwang / welches wir gehöret ehe ichs gesehen; dannoch höreten die Geister nicht auff zu blasen / bis der Verdammte so groß und dick als ein Thurn: und so durchsichtig wurde als ein Glaß; so / das er endlich wie eine Wasser-Blase: Aber doch nicht so still / sondern mit einem grossen Knall / zersprang; alsdann riselten die aus ihm entsprungene und bey nahe verschwundene Atomi hinunter in Abgrund des gedachten Jammer-Sees oder Pfuhls / allwo sie sich wider *collectir*ten / und erstlich einen Treckkeffer (mit Gunst) sich verglichen / hernach je mehr und mehr zunahmen / bis sie ihre Proportion wider hatten / und abermahl von einen Geist ergriffen und wie vormahls aufgeblasen und zersprengt wurden.

Dieses nun war ein elender Anblick / dann da sahe man gantz und halb Auffgeblasene und etliche so bald zerbersten: und in den abscheulichen Pfuhl hinunter solten; Jch fragte den Genium / weil entweder die Verdammte selbst mit mir nicht reden wolten / oder vor Schmertzen nicht reden konten / was doch diß vor Leute wären / und was ein solche erbärmliche *Procedur* bedeute? da antwortet er mir / es wären die jenige / die in ihrem Leben sich die Hoffart hätten einnemmen lassen; wiese mir auch unter anderen Tyberium / Caligulam / Commodum und andere mehr sehr viel ihres gleichen / die man in ihrem Leben wie Götter ehren und anbeten müssen / unter welchen Heyden sich auch nicht wenig Christen befanden.

Jch sagte zum Genio / dieweil ein Hoffärtiger selten ohne mehr andere Sünden lebe; so verwundere ich mich / warumb sie darin hier allein umb ihrer Hoffart wegen gestrafft würden? darauff antwortet mein Genius / nach dem ein jeder gesündigt hätte / umb solches fahe er auch an seine Straff zu leiden / so bald sich seine Atomi im Abgrund des Pfuhls wider gesamlet hätten / und solche Straffen *continuir*ten / bis er wider hervor komme / und den Kopff aus dem See strecke / auch umb die Sünde der Hoffart seine Pein auszustehen; also daß diese Art der Verdammten niemal keine Ruhe zu hoffen / so wol als Julianus und seine Gesellen / welche / nach dem sie / umb willen sie einander verführt und zum Abfall gebracht sie / sich durch Waffen gemetzlet / alsdann er erst auch umb anderer ihrer Sünden willen leiden müssen.

Wir giengen weitere dahin / wo mich der Genius die Qual der Geitzhälse weisen wolte / das war eine Kelter oder Trotte die sich einem weiten Thurn vergliche von glühenden eisenen Quatern aufferbauet / an statt der Butten / wohinein die Ausgepreste blutrote

Materia lieffe / befande sich ein Loch ausgehauen in einem Felsen
wie ein zimlicher grosser Weyer / in demselbigen lagen viel und
unterschiedliche Verdammte / gleichsam wie die Häring / die man
wässert; etliche waren so dünn und mager wie die dörre Stockfisch
/ andere so ausgefüllt als wie die Blutegel die sich gleich einem
Badschwam vollgesoffen haben / und aber andere waren halb lei-
big und noch im an sich saugen begriffen; Jch hörete kein so grausam Geschrey der Verdammten wie an andern Orten / sondern nur
in dem Thurn oder Trotten ein Winseln als wann es junge Wölff
wären; vor der Thüren lag eine Kugel in der Grösse als die Granaten
seynd die man aus den Feurmörßlen spielet / die belägerte Stätte
damit anzuzünden / sie war aber nicht aus Seilern geflochten /
sondern so dick mit Stacheln besetzt als die Haut eines Jgels immer
seyn mag; Als ich nun so da stund und diese betrachtete / tratt der
Genius herzu und sagte zu derselbigen / *surge* Sisane; hierauff be-
wegte sie sich alsobalden / thät sich auseinander allerdings wie ein
Jgel / bekam aber eine Menschliche Form der auffrecht stund und
die Stacheln artlich nach einander fein glat am Leib hinlegete.

Jch verwunderte mich wie leicht zugedencken / und fragte ihn
wer er wäre? da antwortet er / ich heisse Sisana / und bin unter der
Regierung Cambyse ein Richter gewesen / und weil ich mich mit
Gelt bestechen lassen / ein ungerechtes Urtheil zu verfassen / so
bin ich billich hieher zu den Geitzwänsten verdammt worden /
demnach aber gedachter Cumbyses mich deswegen lebendig schin-
den: und allen falschen Richtern zum abscheulichen Exempel meiner Haut über den Richterstuhl spannen lassen / also daß ich meinen verdienten Lohn zum theil auf Erden empfangen habe / als bin
ich der jenigen Pein so andere Geitzhälse auszustehen haben / so
weit entübrigt und überhoben / daß ich nicht gleich ihnen geprest
werden darff / sondern muß ewiglich solcher gestalt ligen bleiben
wie du mich hier hast ligen sehen / welches zwar Pein genug /
wann man sich nicht regen darff / aber gleichwol gegen dem was
andere meines gleichen falsche Richter und Geitzwänste zu leiden
haben / nur ein erträglicher Schertz und pures Kinder-Spiel ist.

Hierauff fragte ich ihm / was so viel Stacheln an seinem Leib be-
deuteten? mit dieser Jgelshaut / antwortet er / bin ich begabt worden / damit mich die Peiniger der geitzigen und falschen Richter /
als welche die allergrimmigste *Executores* unter dem gantzen hölli-

schen Heer seyn / nicht zugleich mit andern erdappen und in die Presse werffen / und so mancher Richter auff Erden von meiner zeitlichen Straffe Nachricht erhält / so manche neue Stachel bekomme ich zu meiner bessern Versicherung / derselbe Richter lasse ihm gleich mein Exempel zur Warnung dienen oder nicht.

Als ich ihn fragte / was die Presse sey / davon er geredet / und warumb die falsche Richter mit den Geitzigen ein gleiche Straffe ausstehen müssen? da wiese er mir obenangeregte schreckliche Kelter / und sagte / diß ist die Preß / und deshalber müssen beyde Theil hinein / weil daß ein Theil die arme Unschuld durch ungerechte Urthel: Das ander aber dieselbige durch allerhand Vortheil / List und Betrug beschwerd / getruckt: und ihnen ihren sauren Schweis und Blut ja auch so gar die seuftzende Seelen ausgeprest / in dem als wir dergestalt mit einander redeten / wurden oberhalb aus der Kelter als ausgetruckte Trauben etliche hundert Bälge der Verdammten herunter in das Loch geworffen / welche nicht anders daher flohen und aussahen / als wann man einen Wollsack voller Plateislein ausgelehrt hätte / so dörr / dünne und Rippensichtig waren sie / also daß man auch alle Gebein hätte zehlen mögen / diese / sagte Sisana / als hier gantz unempfindlich / leiden jetzt umb anderer ihre Sünden halber auch anderwerdlich / bis sie sich wider in dem ausgepresten Schweis der Armen angefüllt / und wie ein voller Schwam bequem seyn / sich mit höchstem Schmertzen wider auspressen zu lassen; und solcher gestalt / sagte er ferners / würden sie ewiglich gepeinigt / gleich als er dieses sagte / fladerten etliche böse Geister von der Trotten oder Kelter herunter und fischten mit ihren Tritenten und Hacken viel Verdammte aus dem gedachten Loch / welche sich in dem selben mit dem ausgetruckten blutroten Schweis / der sich darinn befand / angefüllt und so vollgesoffen hatten als die Zecken / solche führten sie klipperweis wie in des Michael Angeli gemahlten jüngsten Gerichts entworffen ist / mit ihrem erschrecklichen Geschrey und Weheklagen darvon / und warffen sie widerumb in die Presse.

Als ich so dieser grausamen Fischerey mit Entsetzung zusahe / fragte mich Sisana / ob die jetzige Menschen in der Welt auch noch wie etwan vor diesem dern Geitz ergeben: Oder genäigt wären / unrechtmässige Urthel zuvor abfassten? Jch antwortet / was das Erstere anbelangt / so findet sich zwar selten Jemand der etwas hinweg wirfft / weil solches ein schlimme Art der Verschwendung währe / welches unnütze Laster vor gottloß gehalten: Und deßwegen von aller mäniglichen gehasset wird; daß aber einer oder anderer den Geitz ergeben sein: Und umb Geld und Guths willen seine Seeligkeit aufsetzen solte? daß ist ferne von Jederman! Dann sie wissen und beobachten alle den güldenen Spruch mehr als das Gold selbst / der da sagt / was hilffts einem / wann er die gantze Welt gewünt / und litte Schaden an seiner Seel? Betreffent das ander / da wüste ich nicht / wordurch ein Richter bewegt werden könte ein falsches Urthel zuschöpffen / und auszusprechen / dafern er anders ein bessers wüste; wordurch? sagte Sisana; wo nit durch Neid / durch Gunst / durch Freundschafft oder Feindschafft / jedoch durch Schändung wie ich gethan habe; hoho! sagte ich / er solte ein Client bey einem Richter / und solte es gleich nur der allereinfältigste Baurn Schultheiß sein / jetziger Zeit mit Anerbietung einer Verehrung auffgezogen kommen! Würde er nicht alsobalden abgeprügelt und die Stige hinunter geworffen / so würde er doch sonst gestrafft oder kriegte auffs wenigst ein schrecklichen Filtz; Ja ein solcher machte seine sonst an sich habende Redlichkeit sampt seiner guten Sach verdächtig / und gibt einem jeden Richter Ursach zugedencken wärest du kein Maußkopff und hättest keine faule Sach / so würdest du dich nicht unterstehen die *Iustitiam* zuverfälschen / und mich gleich dir zu einem Schelmen zu machen; Dann / O Sisanae / du must wissen / das jetziger Zeit alle Menschen auff Erden so rechtfertig gesind seind / daß du / wann du wieder von den Todten aufferstehen und in die Welt kommen soltest / dich darüber verwundern müssest; über die ist die gewisse und allerschröcklichste Verdamnüß der Ungerechten Richter so kuntbar auff Erden / daß nicht allein die Segensprecher (welche sonst gar nicht vor heilig gehalten werden) sich in ihren Beschwerungen wann sie ein Ubel oder Kranckheit abschaffen wollen / vornemblich dieser Wort gebrauchen / du N. (hie nennen sie die Kranckheit oder das Ubel so sie vertreiben wollen) müssest dem N. (und hier wird der Patient genennet) so nunmehr sein / als GOtt dem Allmächtigen der Mann / der ein falsch Urthel spricht und ein bessers weiß; sondern die Schweinhirten (warhafftig sonst ein unwissendes alberes Volck) pflegen auch ihre unbändige Säu auff solchen Schrot in Stall zubannen / wann sie nemblich sagen / lauffet oder rennet dem Stall zu wie die falsche Richter und ungerechte Juristen nach der

Höllen etc. Welches einmal ein vornehmer Jurist von einem Schweinhirten-Knaben gehört und den *effect* alsobalden gesehen weßwegen Er dann seine Juristerey quittirt / und in einem heiligen Orden auch ein heiliger Mann worden. Sisana fragte / ob dieselbe zur Gerechtigkeit: Und die Verachtung unrechtmässiger Reichthumb schon lang in der Welt *florirt* hetten ? Jch antwortet beyde haben gleich nach deinem Todt zu grünen angefangen / welches ich dir mit einem eintzigen Exempel erweisen will / jetziger Zeit aber bringen sie die alleranmutigste Früchte; Das Exempel ist diß; Nach dem der grosse Macedemonische König Alexander die Nachkömling deines gewessenen Herrn Campysis überwunden: und die *Monarchiam* von den Medern und Persern auff sich selbst gebracht hatte / beliebte ihm einsmahls unverwandter Weise in seinem eroberten Ländern und Stätten herumber zugehen / umbzusehen / wie Recht und Gerechtigkeit gehandhabt würde; er kam also in einer Statt auffs Rathauß und hörete zu / wie die Leuthe ihre Sach vor Gericht vorbrachten; Ein Kläger hub unter andern also an zu reden; Herr Richter / von gegenwärtigen Mann hab ich ein Haus gekaufft / in welchem ich / als ich den Keller zuvergrössern / darinn grube / einen grossen Schatz von Gold gefunden; weil ich ihm dann allein das Hauß und nit den Schatz abgekaufft / hab ich ihm denselben alsobald wider zustellen wollen / sintemahl Er mir nicht gehörig; Er aber hat ihn nit annemmen wollen / bitte derowegen / rechtlich zuerkennen und Obrigkeitlich zugebiethen das er den Schatz zuhanden nemme / dan ich hab gantz kein Theil noch Recht davon; der Richter befahl dem andern Theil seine Verantwortung zu thun; der sprach / Herr seith versichert / daß der Schatz den dieser gefunden / Niemahls mein gewessen ist; Das Hauß hab ich zwar bauen lassen / aber die Stätte war gemein / darauff jeder bauen könde; hab derohalben keine rechtmässige Ansprüch zum Schatz etc. Auff diese Art *disputir*ten sie so lang biß sie endlich einig wurden / den Schatz dem Richter einzuhändigen; Derselbe aber sagte / ihr bekennet beyde mit eurem eignen Munde / daß euch der Schatz nicht zugehöret / da er doch im eurigen gefunden worden; unter was Schein oder mit welchem bessern Recht solte ich ihn dann zu mir nemen? darvor behüten mich die Götter daß ich mich nicht frembdes Guths ahnmasste! Dieweil ihr aber gleichwol die gantze Sach meinem Ampt und meinem Gewissen heim setzet / so ligt mir ob / hierin einen Rath zu finden; darauff fragte er Klägern ob er keinem Sohn: Und Beklagten / ob er keine Tochter hätte; Und als beyde mit ja antworteten / sprach der Richter so erkenne ich und urtheyle / daß dieses Sohn deme Tochter zur Ehe nemme / und ich gebe ihnen das gefundene Gold zum Braudschatz; Als Alexander diß alles angehöret / und über der reiffen und vernünfftigen *deliberation* sich verwundert; konte er sich nit enthalten überlauth zusagen / er hätte nicht geglaubt / daß an einem Ort auff der Welt Leute wehren / welche die Gerechtigkeit so sehr handhaben / als diese thäten; der Richter / welcher ihn nicht kandte / fragte ihn hingegen / obs dann auch müglich wehre / das Leuth gefunden würden so anders thäten? und als Alexander solches bejahete / verwundert sich der Richter / und fragte Alexandrum / ob dann die Götter auch Regen und Sonnenschein über solche Menschen kommen liesse? Als wolte er sagen / das GOtt weder Regen noch Sonnenschein denen jenigen gedeyhen lassen solte / welche die Gerechtigkeit der Gebühr noch nicht beobachteten; Nun magst du O Sisanæ bey dir selbst vollends erachten / wann die Handhabung der lieben Gerechtigkeit albereith mehr als vor 2000.Jahren schon zu der blinden Heyden-Zeiten auff der Welt so trefflich in acht genommen worden / wie es dann jetzo bey uns Christen und anderen Völckern so dem gerechten Gott erkennen / hergehe / als die von demselben der Belohnung des guthen: Und der Bestraffung des bösen versichert sein.

Unter diesem Gespräch kahme abermahl ein schaar Geister / noch mehr verdambte zuholen und in die Presse zuwerffen; worüber Sisana also erschrack / das er sich wieder in ein Ygelmässige Kugel verfügte; derowegen gieng ich weiters und höretes gleich ein unannemblichs widerwertigs Geschrey / das nicht anders lautet / als wann viel hunderttausend Hunde einander herumb bissen / dannenhero ich mir einbildete ich möchte mich vielleicht des Luciferis Hoffhaltung nähern und albereit seine höllische Jagthunde hören; aber da ich besser hinzu kam / wahren es keine Hunde sondern arme verdambte Menschen / die in einem mit Stacketen umbgebenen Ort theils in Gestalt der Hunde / der Füchse / der Marder / Wölff / Löwen und Tigerthier: Und auch etliche in Gestalten der Menschen sich herumb bissen; aber nicht nur schlecht hinweg wie die Hunde / wann sie übereinander erzörnet sich das Fell ein wenig zerreissen und alsdann widerum von einander zulassen pflegen; sondern es werete continuirlich; da risse einer dem andern Stücker aus der Wampen daß das Jngewäid heraus fur! Da bisse ein anderer einem ein Rippstück aus der Seithen / das man Lung und Leber im Leibe zappeln sahe / dort zwickt ein anderer einen ein Ohr hinweg und den Backen damit / und gleichwie einem hier ein Schenckel hinweg gezwackt wurde / also wurde demselben hingegen widerum von einem andern eben zur selben Zeith ein anders Glied oder Stücke des Leibs hinweg gerissen / welches alles mit entsetzlichen Anblecken / Zannen / Murren / bellen / gautzen und jämmerlichen heulen und wintzeln: Und zwar viel geschwinder nacheinander geschahe / als wann die verbitterste Hunde und grimmigste wilde Thier auff Erden ineinander herumb beissen / da war nun ein grausames wüthen und ein schreckliches gegrabel unter / und übereinander zusehen! so bald wurde eine Wunde nicht gebissen und die Empfindung des Schmertzens mit einem lauten Gell oder schrey verkündigt; eben so bald hernach war derselbe Schad wider geheilet / und hingegen eben an demselbigen Leib doch an einem Ort ein andere Wunde gerissen / und also auch ein anderer neuer Schmertz empfunden; Jch wolte gehen den einen oder andern umb ihre Beschaffenheit fragen / aber ihr Eifer einander zubeschädigen / war so brennent und begierlich: Und ihr Geschrey / Geheul und Murren so laut und schrecklich / daß sie meiner entweder nicht wahrnahmen oder mein Fragen doch nicht hören konten; Weil mich aber gleichwol die Begierde triebe solches zu wissen / gieng ich umb das Staquet hinumb / ob ich vielleicht einen noch antreffen würde der bey Sinnen wäre / meiner achtet / mich höret und mir Bescheid gebe / aber umbsonst! Sie hatten mit einander selbst so viel zu schaffen / das sie meiner nicht achteten / in solchen Umgehen fande ich ein steinern Bilde einer Jungfrauen dort ausserhalb am Staquet sitzen / welches ich der Kunst wegen die ich durch den Meister daran angelegt sahe zu betrachten stillstunde / und mich verwunderte / wie es in diesen höllischen Abgrund seyn kommen möchte: Jch gedachte es dörffte vielleicht ein *Statua* oder Bildniß einer alten Heydnischen Göttin seyn / die bey Aussäuberung der hiebevorigen Abgötterey aus der Welt an diesen Ort der Verdammniß geworffen worden / aber mein Genius verfügte sich damals auch herzu / und sagte zu dem Bilde / Aglauro höre und gib Antwort / so bald er diß gesagt / fieng sich der Stein an zu bewögen / und fragte was mein Begehren wäre? Jch sagte / ich möchte gern so wol ihren als deren im Staquet befindlichen Verdammten Beschaffenheit und die Ursach ihrer Verdammniß wissen; Sie antwortet / ich bin Aglauros des Cecropis Tochter / welche wegen Neid und Mißgunst gegen ihrer Schwester Herse von Mercurio in einen Stein verwandelt worden / und solcher gestalt ewiglich hier muß ligen verbleiben / diese aber / die mit einem Pallisaden-Zaum umbgeben / seynd meines gleichen / als welche nemblich in der Welt in ihren Lebzeiten durch Neid / Haß / Zorn / Mißgunst / heimlich und öffentliche Verleumbdungen / unzeitige Eifersucht / Murmeln / hinderwerdliche Nachred / und sonsten so wol mit Worten als mit Wercken ihre Neben-Menschen verfolgt / ihm sein Glück nit vergönnet und hindertrieben / sein Unglück gesucht und also sich und ihre *Affecta* den Teuffeln selbst gleich gemacht / wessentwegen sie dann hier sich ewiglich also untereinander plagen / nagen / und so wol ohne Aufhörung als Ersättigung ihrer neidigen Seelen / sich genugsamb fretten müssen / und nach dem sie mir diesen Bericht gegeben hatte / fragte sie mich / ob auff Erden noch wie zu ihrer Zeit der Neid und Haß unter den Menschen regiere? Jch antwortet / O Aglauros / es ist zu unserer Zeit in der Welt bey den Leuten darunter ich lebe / weit ein anders dann zu deiner Zeit da man den waaren GOtt noch nicht erkandt! Wir haben von demselbigen liebreichen GOtt ein Gebot / das heist / du solt deinen Nächsten lieben als dich selbst / Krafft welches Gebots wir festiglich glauben / wann ein Mensch / er sey Pabst oder Käiser / Herr oder Knecht /

Edel oder Unedel / Geistlich oder Weltlich / Reich oder Arm /
Jung oder Alt / in Summa er sey wer er wolle / gegen einem andern Menschen (wann er gleich der Allerbösest und Verworffenste
auff Erden wäre / der ihm alles Leid gethan hätte und vermuhtlich
noch anthun wolte) Neid / Haß und Feindschafft trüge / also daß
er denselbigen Menschen etwas Böses in Raachweiß anzuthun gesinnet / daß alsdann solcher Rachgierige Neider in der Feindschafft
Gottes und im Stand der ewigen Verdammniß seye / und sich
selbst mit solchen Neid / Haaß und Feindschafft mehr Schaden
zufüge / als ihm alle seine Feinde thun möchten / sintemal wir aus
der Schrifft wissen / daß der so seinen Bruder oder Neben-
Menschen hasset / sein selbst Mörder seye / an seiner eignen Seelen / und dann auch an seinem Nächsten / und wann wir gleich
diß austrückliche Gebot nicht hätten / so lieben wir einander doch
umb Gottes Willen / weil der eine wie der ander zu Gottes Lob und
der ewigen Seligkeit erschaffen / die je einer dem andern hertzlich
gern gönnet / damit Gott ewiglich durch ihn gelobt werde / wäre
derowegen gantz ungeräumbt und wird auch nie erhöret / daß
einer aus uns Christen einen andern Menschen neiden oder hassen
solte / er sey gleich fromm oder gottlos / bös oder gut / glaubig
oder Unglaubig / Freund oder Feind / Juden oder Heyden / Christ
oder Türck oder Ketzer / da gönnet je einer dem andern daß er
habe alle Tugenden / Gesundheit / Stärcke / Weisheit / Verstand /
Schönheit / Reichthumb / ein ehrlichen Namen / Beförderung /
und alle zeitliche Glückseligkeit / darneben aber auch vornemblich
die Göttliche Liebe / und den lebendigmachenden Glauben / wordurch er zu der ewigen Seligkeit gelangen möge / und zwar
O Aglauros / wie wolte es seyn können daß immermehr Neid und
Haaß zwischen uns seyn könte? Jn dem wir wissen / daß GOtt
selbst die Menschen so hoch liebet / daß er / wann es vonnöhten
wäre / wiederumb umb eines jeden Sünders wegen vom Himmel
stige und den allerschmertzlichsten Tod vor ihn litte / ihn selig zu
machen / über daß / wie könte es seyn / daß ein Christ einen andern Menschen solte beneiden und hassen / von dem er weiß / daß
er GOttes Ebenbild trägt / und vielleicht demselben angenehmer ist
als er selbsten? Ach nein Aglauros / man find nicht allein nicht
mehr deines gleichen in der Welt / sondern es befördert im Ge-
gentheil je ein Mensch das ander zu aller so wol zeitlicher als ewigen Wolfahrt / welchem es übel gehet / dem wird gantz Christlich

und treuhertzig aus einen Nöhten geholffen / und wo einigem Menschen dergestalt zu helffen eine pure Unmüglichkeit erschiene / so wird jedoch der Nohtleidente und Betrübte von jedermänniglich gantz mitleidenlich getröstet / und sein Unglück und Elend mit schmertzlicher Bitterkeit beweinet.

Die steinere Aglauros liesse einen Seuftzer und wünschte daß sie auch in einer solchen Zeit gelebt: und dem was ich erzehlet / gleich gethan hätte / ich aber verfügte mich weiters / und kam vor einer Höle eines Steinfelsens / von welcher der Genius sagte / daß es vor Kälte so finster darinnen wäre / daß mir unmüglich seyn werde / von dero Dicke wegen hinein / geschweige gar hindurch zu gehen / dafern ich anders einige höllische Pein zu empfinden so fähig wäre als ein abgestorbener Verdammter / die Kälte / sagte er / wäre so scharff und grimmig grausam / daß ein stähliner Amboß / wann er bis an das Zerschmeltzen glühent gemacht / und also hinein geworffen werden solte / in einem Augenblick sich dem allerkältisten Eißschollen vergleichen würde / und alsdann vor Kälte zerspringen müste! Jch gieng hinein und sahe den Boden / die Wände und das Gewölb der Höllen überall mit Menschlichen Cörpern überstreut und behenckt / davon theils mit Nägeln angenagelt und theils mit Ketten und Banden angefesselt waren; sie sahen blau / braun und schwartz / und konten sich im geringsten nicht bewegen / ja sie hatten kaum so viel Macht und Gewalt / vor grossen Frost ihre Marter mit Heulen und Zähnklappern zu erkennen zu geben / welches dannoch fast entsetzlich und gar düster zwischen ihren bleckenden Zähnen hervor thönete und erschrecklich zu hören und anzusehen war / derowegen eilete ich mich sehr / umb geschwind von diesen Armseligen zu kommen / je ferner ich nun in diese Höle hinein kam / je grössere Qual sahe ich auch an derselben Verdammten / je besser ich mich aber dem Ausgang auff der andern Seiten der Hölen näherte / je leidenlicher befande ich dieselbige die sich dort enthalten musten / gehalten werden / so / daß auch etliche aus ihnen so viel Gnad hatten / ihre jämmerliche Pein mit verständlichen Worten und einem elenden Geschrey zu beklagen / ich fragte einen aus ihnen umb was vor einer Sünde willen sie diese erschreckliche Art der Marter ausstehen müssen? Er hingegen antwortet / sie wären die jenige / die in ihren Lebzeiten sich gantz und gar nichts wie sie billich thun sollen / umb daß was ihnen zu ihrer Seligkeit zu wissen vonnöhten gewest wäre / bekümmert: sondern ohne Nachkundigung der Göttlichen Dinge gleichsam wie das tumme unvernünfftige Vieh ohne solche Wissenschafft gelebt: Ob sie gleich hierzu zu gelangen genugsame Gelegenheit gehabt hätten / weswegen dann ihre eißkalte Hertzen durch das Feuer der Göttlichen Liebe nicht erwärmmt werden / noch sie sich anderer gestalt / weil sie nur an dem Zeitlichen geklebt / der Göttlichen Gnad und Barmhertzigkeit theilhafftig machen mögen / etliche hätten zwar wenig oder viel in diesem Stück gethan / weswegen dann auch ihre Pein so unterschiedlich wäre / gleichwol aber wären sie alle wegen ihrer Trägheit verdammt worden.

Jch fragte ihn / was er in seinen Lebzeiten vor ein Mensch gewesen? er antwortet / ein Baur / und zwar ein solcher / von denen das Sprichwort sagt:

> Jck bin een arm Liffländisch Buer
> Min levent dat en werd eni suer /
> Jck stige op den Berckenbom
> Mack mi darvon Sattel en thom
> Jck bind mine Scho mit Baste /
> En füll dem Juncker sine Kaste /
> Ick gef dem Pfarrer sine Pflichte /
> Und weet von Gott und sinem Worte nichte.

Er fragte mich darauff weil er sahe daß ich mich mitleidenlich verwunderte / ob dann die Bauern zu meinem Heimat anders beschaffen wären? Jch antwortet / freylich! Geist- und Weltliche Obrigkeiten und Vorsteher aber auch! dann diese seynd gar nicht gemeinet / habens auch gar nicht im Brauch ihre von Gott anvertraute Unterthanen in solcher groben Unwissenheit stecken zu lassen / sondern sie bekümmern sich mehr umb ihre Seligkeit / als das sie sich befleissen solten / sich aus dero Vermögen zu bereichern / dannenhero werden sie von den Lehrern (welche auch deswegen Seelsorger genennet werden) mit unablässigem getreu-eiferigen Fleiß dessen / was sie wissen sollen / continuirlich unterrichtet / zur Erkäntniß Gottes und seiner Güte gezogen / und dardurch also *disponirt,* das sie sonst nichts thun: als Gott lieben können / und kan man wol von ihnen sagen / was dort beym Propheten Jeremiæ in seinem ein und dreysigsten Capitul geschrieben stehet / sie werden

mich alle von dem Kleinsten an bis auff den Grösten erkennen /
spricht der Herr / da wirst du selten ein kleines Kind finden / daß
nicht beydes aus Vorsorg und Verordnung der Weltlichen Ober-
herrn / als selbsthabenden Eifer der Lehrer den solches obligt des
Christlichen Glaubens und was dem anhängig so völlig berichtet
worden sey / daß es auch einem jeden Jüdischen Rabiner mit Dis-
putiren widerstehen: und gleichsam sein Christenthumb wider alle
Welt und den Teuffel selbst *defendi*ren könte; und wann solches die
Junge vermögen / was vermeinst du daß wol die Alte wissen? Als
denen solches gleichsam in ihre Gemühter eingeprägt ist / dahero
man dann auch täglich in ihren *Conversatio*nen von nichts anders als
Geistlichen Sachen und Göttlichen Dingen reden höret / gleich wie
sie nun aus weiß Geist- und Weltlicher Vorsteher und Regenten
genugsamb wissen was ein vollkommener Christ von seinem Christenthumb wissen soll / also stellen sie auch ihr Leben darnach an /
die Gottselige Jugend beharret in Keuschheit / ist eingezogen / und
lebt in Unschuld / die Alte aber befleissen sich der Andacht und
anderer Gottwolgefälligen Wercken / wormit sie der Jugend vor-
leuchten / und beyder Theil Sinn und Gedancken zielen auff nichts
anders / als wie sie zu vorderst Gott dienen und ihrem Nächsten zu
Nutz leben mögen; da haben keine böse Begierden Platz! man höret
von keinem Geitz / von keiner Hoffart / von keinem Neid / Zorn
und Widerwillen / nichts von Hurerey geschweige vom Ehbruch /
das Vollsauffen ist ein Greuel; vor Zanck / Hader und Schlägerey
hat jederman ein Abscheuen / einander übel nachzureden / zu
verachten / zu verkleinern / zu schelten / zu fluchen / zu schweren oder gar Gott zu lästern / darzu öffnet niemand seinen Mund!
und jemand zu betriegen oder etwas zu entfrembten / daß würde
vor ein grosses unerhörtes Wunder gehalten / so wird auch nirgents von der allergeringsten Leichtfertigkeit / weder in Worten /
Geberden / Kleidungen und Wercken nichts gespührt / der Baur
antwortet mir / so wären meine Landsleut wol glückselig / er aber
umb so viel desto unseliger / weil er in seinem Leben die Tugend
und Laster nicht zu unterscheiden gewust / sondern seine boshaff-
tige Arglistigkeit / wann er solche zu seinem Vorthel gebraucht /
vor eine rechtmässige / und zwar vor seine beste Kunst gehalten
hätte. Warvon er dann auch jetzunder seinen gebührlichen Lohn
empfinge.

Es war mir nit zu sinn / das ich länger mit diesem Bauren discuriren möchte / weil ich ihm ohne das nicht helffen: Noch mehrers Notabels von ihm erfahren würde können; derohalben gieng ich weiters und kahm vor einen scheinbarlichen Pallast! der war auß Hoffart und Eigensinnigkeit gebauet; mit Gleissnerey gemahlet; mit Heucheley gedeckt; mit grosser Herrn *Favor* befenstert; mit des Jdioten Herrn *Omnis* Stärcke vergittert und verriegelt; aber inwendig mit einem bösen jmmernagenden Gewissen Außgefült; mit Falschheit getäffelt; mit Lugen gezieret; und mit Arglistigkeit bewähret und *armirt*; Ferner daran stund geschrieben / diß ist die Wohnung deren die nach ihres Hertzens-Lust und Begierten in der Edlen Freyheit zu leben: oder ihnen einen grossen unsterblichen Namen zu machen begehren! Wer solte nicht gemeinet haben / das dieses wo nicht selbst des *Luciferis*: Doch wenigst des *Belialis*: oder sonst eines grossen verstossenen Engels Wohnung gewest wehre? dann ich muthmasste es selber; Weil ich nun dieses prächtigen *Palatii* Beschaffenheit gern gewust hätte / klopffte ich kühnlich an / vornemblich weil es das Ansehen hatte / als wann ich durch keinen anderen Weg als durch diesen zu meiner Ruhe gelangen könte; So bald kahm ein nichtswürdiger unansehnlicher Kerl hervor welcher die Thür öffnet / und mich fragte / was ich so ungestümiglich zu fordern? Jch sagte ihm mein Verlangen / und begehrte darüber Bericht; Er hingegen fragte mich ob ich dann nicht ohn des Hauses Uberschrifft genugsames *Contentament* hatte? als ich jhm aber mit Nein antwortet / und jhn so wohl umb seinem eignen: als des Hauses Principal-Einwohners Nammen fragte / antwortet Er / ich bin *Herostratus* von *Epheso* der den berühmten Tempel *Dianæ* daselbsten verbrand; der Vornembste aber in dieser Wohnung ist Arius; ich fragte / ob ich diesen Weltberuffenem Mann nicht zu sehen bekommen könde? freylich / sagte *Herostratus*, jhn und noch viel mehr seines gleichen; Mithin öffnete Er das grosse Portal / da sahe ich hinein und wurde gewar / das diß prächtige Gebäu jnwendig bey weithen nicht beschaffen war wie außwendig! sondern es war alles voller brennent Schweffel und Bäch / voller Feuer und Flammen! Jch sahe / wie *Herostratus* gesagt hatte nit allein *Arium* sondern auch *Cerinthum, Pelagium,* und ohnzahlbar viel andere Ketzer mehr / da ja einer dem andern eine Spindel voll Garn auß dessen gantz klühendem Hirn spanne / welches nicht anders außsahe / als wann der Teuffel seine Trathzieherey alda gehabt hätte; derselbe bliesse auch gewaltig zu / und hub das Garn oder die Träth fleissig zusammen / umb Netz und Keffig darauß machen / die arme Einfältige und leichtglaubige Menschen damit zubestricken und gefangen darin zubehalten.

Alle Peinen der Höllen die ich noch bißher war genommen / waren gleichsamb vor nichts gegen deren einer dem andern daß Gehirn worin der Verstand wohnet / und die Augen damit man siehet / auß dem Kopff: sondern auch das Hertz sampt Lung / Leber und Jngewäid / auß dem Leib heraus? und überdiß alles wurden sie von vielen tausenden der jenigen gequelt und verflucht / die sie mit ihrer falschen Lehr verführet: Oder wenigst zu befördern und Freunden gehabt hatten; Geschweige der Marter die jhnen die höllische Geister selbst anthäten. Jch fragte *Herostratum* ob mir nicht zugelassen wehre / ein paar Wort mit *Ario* zureden? O ja / antwortet Er / gar wohl / dann diese Art Leuthe thuen nichts liebers / und der Teuffel selbst siehet auch nichts so gern / als daß sie mit anderen conversirn; Und als Er hierauff herzu gelassen wurde / sagte ich zu jhm / Ach du armer Elender Mensch was hast du gedacht / daß du dich durch deinen Jrrthumb von der wahren Kirchen abgetrennet und in diese erschreckliche Qual gesetzt hast? an nichts wenigers / antwortet Er / als an diesen Ort; Jch sagte / was hat dich aber zur solcher deiner Abtrennung verursacht? Er antwortet; als zu meiner Zeit die Christliche Kirch herrlich auffgieng / so / daß die Bischoffe und Vorsteher derselbigen nicht mehr wie kurtz zuvor im Elend / in Mangel und Hunger: Jn allerhand Verfolgung und Trübsal oder in Forcht des Tods leben dörffen; sondern ihre Sicherheit / ihr Ansehen und jhre zeitliche Nahrung hatten; Wurden gemeiniglich solche hohe Aempter / (deren ich eins zuvertretten wünscht) mit geistreichen frommen und gelehrten Männern versehen und besetzt; Jch beschloß aus Ehrgeitz mich auch umb eins umbzuthun / weil ich als ein Priester darzu zugelangen getraute; hingegen befand ich aber an mir nicht die Fromkeit noch andere Qualiteten / die mich darzu befördern hätten mögen! dann ich war hoffärtig / Ehr und Geltgeitzig; der Freyheit und fleischlichen Wollüste begierig; des Gehorsams unter meinen geistlichen Ubermuth; der Geistlichen Zucht und Erbarkeit satt; der Mortification übertrüssig / und der Andacht und Gottesforcht so viel als nichts ergeben; ich liebte Essen und Trincken mehr als Fasten / und weil ich auch an Statt einer demütigen geringschetzung meiner selbsten / mir viel einbildete / erkühnet mein grosser Muth / mich durch mein doctrinitaet großzumachen und mich hoch ans Bret zu setzen; derowegen fieng ich an disputirn / und unterstunde Sachen zubehaubten / daran zuvor kein Lehrer gedacht hatte / Einig und allein darumb / damit ich mich hervor thun und meine Geschicklichkeit sehen lassen könte; ob meine Person vielleicht in Consideration gezogen: und dardurch der Weg zu meiner so hochverlangten Beförderung gebahnet werden möchte; Aber dieweil der reine Glaub so wenig ohn Verletzung mit sich schertzen läst als ein Aug oder die Jungfrauschafft / so wurde mein verborgenes Gifft / das ich hegte / bald vermercket / und meine Person sampt meiner Lehr / weil ich mich nicht abwarnen lassen noch bessern wolte / verworfen und aus der Kirchen verbannet; Es vertrosse mich zwar das mein Jntent den vorgesetzten Zweck nicht erreicht / aber zu wideruffen und mich zu besseren war mir ungelegen weil ich allbereit einen grossen Anhang hatte der mich schützte / und eben daher wurde ich desto trutziger / halsstarriger und je länger je ärger; Dergestalt erlangte ich nicht allein die Freyheit vor meine Person / sondern überkam auch einen grossen Namen bey aller Welt; So daß ich so kühn wurde / nit nur in geistlichen Sachen alles nach meinem Kopf zurichten / sondern mich auch in die Weltliche zu mischen / ich erregte Krieg wo ich wolte und schrieb dem König und Fürsten die mir anhiengen Gesetze vor / doch solche die sie gern hielten / und *Statuirn* genäigt waren; gegen meine widerwärtige aber donnerte ich mit Schmähungen / daß sich die gantze Welt darvor entsetzte; und ob mir gleich mein geängstigtes Gewissen zusprach / so wolte ichs doch nicht hören / weniger demselben folgen / sondern ich tröste mich mit schlechten Trost so gut als ich konte / und beredet mich zuglauben / ob ichs gleich nicht glauben könte / meine Lehr war aus GOtt / nach dem Schluß *Gamalielis*, weil ich so einen grossen Beyfall hatte; massen dieselbige in kurtzer Zeit *Asiam*, *Europam* und *Africam* durchbrochen; Jn solchem Stand verharret ich / ohne Besserung biß mein Sünden-Maß voll wurde / und meine arme Seele sambt dem Jngewäid unten auß zu dieser höllischen Wohnung fuhr / die mir und meines gleichen von Ewigkeit her bereitet ist; dergestalten nun ist ein kleines Füncklein das in meinem Ungottsfürchtigen Hertzen gläntzete / zu einem grossen Feuer ausgebrochen / mich und noch viel tausend in dieses Ewigwerende zu stürtzen; es ist auch nach meinem Tod immerforth ja mehr und mehr geschirt und durch dem Teuffel selbst angeblassen worden / also das ich / wann ich noch gleich das Leben gehabt und gern gewolt hätte / nicht mehr hätte remedirn können; weil ich dann nun / wie du siehest / mit so vielen alten Ketzern / auch ihren und meinen Anhängern umbgeben / daß es rundherumb wimmelt / also daß kein neuer / dafern es anderster noch in der Welt gebe / nach seinem Tod zu mir nähern kan; zumahlen ich ohne daß / mit so übermässiger Qual gepeinigt werde / daß ich zu ihrer Ankunfft keine Advisen von ihnen vernemmen könte / wann sie gleich von ihrer eignen Marter etwas zu communiciren die Gnad hätten / so bitte ich / sage mir doch / wie stehet es jetzunder umb die Christenheit? Wehret meine Sect noch / oder haben seithero neue Spaltungen sich ereignet? Seyn die Geistliche wie sie seyn sollen / oder hat es mehr meines gleichen Köpffe gesetzt? die Verwirrungen angerichtet.

Meine Antwort war / es stünde / sonderlich der Einigkeit halber in Glaubens-Sachen / so wohl in der Welt als es seit des Babylonischen Thurns Erbauung nicht gestanden wäre / seine Sect hätte (auch in dem geringsten Articul nicht) keinen einzigen Anhänger mehr / sondern würde vielmehr von allen rechtschaffenen Christen aller Orten und Enden verflucht und bis hieher in den Abgrund der Höllen herunter verdammt / betreffent die Geistliche von allerhand Gattungen / so lebten dieselbe wie er gefragt hätte / nemblich wie sie leben sollen / dergestalten daß schwerlich einer unter ihnen allen zu finden seyn würde / der nicht so wohl seiner Fromm- und Gelehrtheit / als anderer guten Gaben halber ein Bistthumb zu verwalten Capabl wäre / aber man müste solche gleichwol / ob sie es gleich tausend mahl *meritirten* / wegen ihrer Demuht mit Gewalt zwingen / solche hohe Aempter anzunehmen / weil jeder die Reichthumb und grosses Ansehen fliehe / damit er die Gefahr vermeide / an besagter seiner Demuht Schiffbruch zu leiden / daher sihet man offtermahl mit Verwunderung! sagte ich weiters / wann etwan ein Prediger auff einer reichen Pfarr in einer grossen Stadt: oder ein *Professor Theologiæ* auff einer Universität: oder irgends zu einem Ort ein Superintendent mit Tod abgangen / und darauff ein armer Dorff-Pfarrer solche *Digni*tät und Ehren-Stell zu betreffen beruffen wird / wie er solche hohe Würde von sich scheubt und einen oder mehr aus seinen Collegen vorschlägt / also müssen auch andere (höhere Aempter und Würdigkeiten anzunehmen) gleichsam durch Krafft des Gehorsams / oder wohl gar bey Straff deß Banns gezwungen werden / dannenhero es gar nichts neues ist / sondern eine Sach die sich allweg begibt / daß die Jnfuln mit weinenden Augen und die Hüt mit höchster Betrübnis angenommen werden / nicht zwar / daß sich der eine oder der andere vor denen grossen Laboribus oder denen schweren Verantwortungen / die ihm mit Ubergebung eines solchen Ampts zugleich auffgebürdet werden / entsetzte / oder daß er sich selbst nicht zugetraute / der Sach genugsamb gewachsen zu seyn / sondern wie gehört / obiger Ursach / das ist / ihrer Demuht wegen / gleich wie nun die Demuht das einige Fundament ist / darauff alle andere heilige Tugenden ruhen und bestehen / zumahlen dieselbige Grundveste in aller rechtschaffenen Geistlichen Hertzen unserer Zeit eingewurtzelt / und von ihnen als ihr allerbestes Kleinod darinnen verwahrt wird / also kanst du dir daraus wohl einbilden / wie sie im übrigen beschaffen? daß nemblich die Begierten / Affect / und Anmuhtungen / denen du deiner Erzehlung nach ergeben gewest / als vorlängst in ihnen abgetödte Sachen / bey ihnen keinen Platz und Raum mehr finden / sie seynd genug aus deinem Fall und aus anderer deines gleichen Untergang gewitzigt / und folgen viellieber dem Exempel des heiligen Francisci / als das sie sich durch Academische Hoffart solten in Gefahr ihrer Seligkeit begeben.

Wir hätten noch mehr mit einander gesprochen / aber Ario wurde so viel Zeit nicht gegönnet / sondern er wurde von seinen Peinigern hingerissen und widerumb ungestümmiglich zur Marter geschlept / ich aber gieng aus diesem erschrecklichen Palatio und fande gleich auff dem Platz darvor einen Tisch / und zunechst an demselbigen eine etwas mehrers erhöchte Bühne stehen / welche ein Kerl besser ordnet und zurecht setzte / geschwind sahe ich an einem andern Ort auch einen andern solchen Tisch ausrichten und abermahl so geschwind widerumb einen andern an einen andern Ort / bis endlich der gantze Platz so voller Tisch und Stände sich befand / daß man kaum mit guter Musse dardurch passiren mochte / derohalben stunde ich still zu erwarten / was diß vor ein Spectacul abgeben würde / ich gedachte den Schwelgern und Vollsauffern / die auff Erden Tag und Nacht im Luder gelegen / würde etwan hier eine Mahlzeit zugerichtet und ihnen tapffer eingeschenckt werden; aber ich irrete / dann in einem Augenblick giengen / krochen / ritten und fuhren auff Gutschen / Kaleschen und Kärchen aus allen Winckeln her / eine unzählbare Schaar Storger / Marckschreyer Quacksalber / schlangenbanner / Oel / Schmaltz / Salben / und Teriack-Krämmer / daß ich wohl sahe / daß es da kein Convivium setzen würde / jeder aus ihnen nahm alsobald seinen Stand ein und fieng an zu agirn wie sie auff Erden auff den Marcktägen zu thun gepflegt / einer hatte einen Hanswurst / Hanssupp / oder Courtisan in einem Narren-Kleid / der ander ein Affen / Meer-Katz / Murmelthier / Schlangen / Scorpionen / Vipern / oder etwas dergleichen / etliche trieben Gauckeley mit Taschen-Spielen / andere spielten mit Puppen und andere agirten sonst Possenspiel mit ihrem Schalcks-Narren / umb andere rechte albere Narren und vorwitzige Leut aus dem noch zu sich zu locken / die ihren Lügen zuhören / und ihnen Gelt vor ihre Wahren geben solten / ob nun gleichviel Salbader- und Buffonerey- Grobianische

Stück und lahme Zotten mit unterlieffen / so wäre jedoch der unterschiedlichen Jnventionen halber noch lustig zuzusehen gewest /
wann man der elenden Leut Jammer und höllische Pein nicht zugleich hätte mit ansehen müssen / dann alles was sie handirten /
was sie nur anrührten. Ja was sie zum theil nur redeten / war ihnen
lauter Quaal und Schmertzen / wann nur einer eine Lügen repetirte
/ die er / seinen Nechsten umb das seinig zu betriegen auff Erden
zu sagen gewohnet gewesen / so geschahe solches mit solcher Pein
/ das er darüber erschwartzte / und ihm der Hals / bis er sie heraus brachte / so dick wurde / als eine Härings-Thon / thät sich
einer grosser Streich aus / umb ihm mit seiner Auffschneiderey ein
Ansehen und Zulauff / und also auch paare Losung zuverschaffen
/ so lieffe ihm der Bauch so lang und viel auff (gleichsamb als wann
er seinen Teriack zu probiren Gifft gesoffen hätte) bis er zersprang
und einen eitelen stinckenden Dunst von sich gab / bald tratte hier
einer aus dem Umbstand hervor / der sagte zu einem solchen Auff-
schneider / du Mörder hast mir an statt deines *Balsamiritæ* den Tod
umb mein paar Gelt verkaufft: an einem andern Ort nahm ein jun-
ger Bauren-Knecht den Hans-Supp bey der Carthausen / zerrisse
ihn zu Stücken und sagte / du Vogel hast mich durch deine ärgerli-
che Schwänck zu bösen Gedancken verursacht / denen ich nachge-
hängt / bis ich in die Sünde / und endlich in diese Verdammnis
gerahten bin / die allergeringste Lästerungen so diese Elende vom
Umbstand hören musten / waren diese? daß sie durch ihre / der
Marcktschreyer Lügen und Quacksalberey aus Ubelhörenden zu
Tauben / aus Blödsehenden zu Blinden / aus Lahmen zu Krüppeln
/ aus Stamlenden zu Stummen / aus Gesunden zu Krancken / und
aus Lebendigen zu Todten gemacht wären worden; Jndessen nahmen diese Aertzte / wie sie sich nennen und genennet seyn wollen
/ noch immerfort Gelt ein (welches vielleicht das Volck ihnen zur
Sünden-Straf abrichtete) daß sie aber gleich nach dem Empfang
glühent verschlucken musten / so keine geringe Pein war / gleichwol fienge einer hier der ander dort aus ihrem Umbstand mit ihnen
Händel an / so / daß es zuletzt ärger bund über Eck hergieng / als
in der Plünderung einer erstürmten Stadt / bis endlich alle Materialia der gantzen Quacksalberey / als da seynd zuvorderst der falsche
Teriack / die Zahn- und Wurm-Pulver / unterschiedliche Liquoren
von Olitäten und Wassern / vielerlei Wund und sonst Salben (die
alle sehr starck nach Terpetin rochen) mancherhand so genante

Balsamb / seltzame Mixturen von Schmaltz der gehenden / krie-
chenden / fliegenden und schwimmenden *Animalien,* der Metalien
und Kräuter / vornemblich aber auch die Zugaben von Wurtzeln /
Steinen Höltzern und allerhand unkräfftigen närrischen Dingen /
die etwan die Landfahrer den Einfältigen vor das Fieber / den Rot-
lauff / das Zahnwehe / etc. und sonst Zustände verehrt / alle miteinander in einen grossen Kessel geworffen / darinnen zu einer
Universal-Artzney oder *Panacæa coagulirt,* gantz glühent gemacht /
die betrogene Urheber und Meister derselbigen hinein geworffen /
und sambt allem zugehörigen Bettel von dem obristen Marckmeis-
ter an ein ander Ort gelieffert wurden / worinnen ich sie dann ersti-
cken / ersäuffen / sottlen und brottlen lassen muste / an einem
andern Ort auch umb ihre andere Sünden zu leiden; Ein kleines
altes Männgen verblieb noch zuruck / welches an obigem Kessel
und seiner darinnen befindlichen Materia kein Theil hatte / ich
fragte ihn / was er gethan / daß er mit dieser ansehenlichen Gesellschafft nicht fort dörffte? Ach! antwortet er / ich hin anfänglich kein
so genanter Artzt / sondern von Jugend auff ein Soldat gewesen /
hab allererst nach dem Friedenschluß / nach dem ich unter den
Waffen veraltet / aus dem Wiestung ein Mittel wider die Würm
erlernet / und mich des Bettlens zu erwehren / desselben bedient /
wäre auch deswegen / wann ich sonst just gewesen / gar nicht
verdammt worden / massen ich / daß ich hier erscheinen darff /
grosse Gnad und Linderung meiner anderwertlichen Pein habe /
umb Willen gleichwol durch meine Wurm-Küchlein manches Kind
von den Wärmen erlöset worden / welches sonst wegen seiner
Eltern Unwissenheit / Unachtsamkeit und Unverstands in andere
Kranckheiten gerahten / und vor der bestimmten Zeit hätte sterben
müssen / wiewohl ich auch manchen Bauren überredet / sein Kind
stecke voller Würme / damit ich Gelt gelöst / obs gleich nicht gewesen / hierauff fieng er an schnell fortzugehen und als ich fragte /
wohin so geschwind? antwortet er / die Zeit nähere sich / in deren
er mit den Verschwendern seinen Lohn empfangen müste; Jch sagte
/ du armer Tropff / wann du dich mit Wurm-Artzney ernähren
hast müssen / so wirst du wenig zu verschwenden übrig gehabt
haben / er aber antwortet / wol! aber nichts destoweniger habe ich
alles was ich so wohl damahls als zuvor im Krieg *per fas & nefas,* mit
Recht und Unrecht erarnet / erbeutet / errungen / gewonnen und
zuwegen gebracht / widerumb durch die Gurgel gejagt / verhurt /

verspielt / unnöhtig verkleidet und sonst unnützlich ohnworden / und wann ich gesparsamb gewest wäre wie ich hätte seyn sollen / so hätte ich mit dem was mir Gott rechtmässiger weise bescheret / mein Lebtag wohl hinaus gelangt und nicht bedörfft / mich nach unrechtmässigem Gut umbzusehen.

Unter wehrenden diesem Gespräch gelangten wir zu einem grossen See / der an statt des Wassers eine glühende Materia in sich hatte / einem zerschmoltzenen Ertz gleich! Er schwam hin und wider voller Häuser und Güter / als Acker und Matten / Kauffmanns-Ballen / Silber / Zinn / und Kupffer-Geschir / Fässer / allerhand Hausrath / Gelt / Kisten / Kasten / Gewand / Kleidungen und anderer dergleichen unzahlbarer Dinge mehr / worunter sich so wohl geringe Sachen als kostbare Kleinodia befanden / ja gleich so wohl der Schweis der Armen als das grosse Vermögen der Reichen! Jn Summa / es ist beynahe nichts auff der Welt / daß sich nicht auch in diesem See befunden hätte! Ja so gar auch allerhand Thier / item gantze Städt und Länder! Nun zu diesem See kamen aus allen Nationen und aus allerhand Ständen der Menschen / vom Höchsten bis auff den Bettler beydes *inclusivè*, von allen Orten der Höllen / eine unzahlbare Mänge Verdammter / unter welchen ich viel Namhaffte / und in den Historien berühmter Personen sahe / als Heliogabalum / Vitellium / Cleopatram mit ihrem Antonio / und dergleichen mehr / welche alle ihre Menschliche Gestalt verwandelten / und sich in Harpyas / Balænen / Hayen / grausame Walfisch / Wölff / Vielfräß / oder Hiænen / Füchs / Löwen und allerhand gefrässige Thier und Monstra veränderten / in den feurigen See sprangen und auff die darinn schwimmende Sachen wie auff einen Preis-gegebenen Raub zu eileten / darauff gieng es an ein Schluckens und Schlindens / daß es schiene als wolten sie mit Fleiß erworgen / die grosse gehörnte Schroffen Wallfisch und Balenen verschlungen neben Königlichen Schätzen gantze Länder und Städte / und spritzten hingegen nur Puppenwerck / als allerhand Schleck- und Galanteryen von Bändern / Bosamenten / Liebreyen / Spiegeln / Haarpuder / doch bisweilen auch gülden und silberne Geschirr / Ring / Ketten und so Geschmeiß (welches aber gleich widerumb die Harpyen / Hayen / Hiænen und andere Wölffe wider erschnappten) von sich / und solches zwar mit solchem Schmertzen / daß ich nicht sagen kan / ob ihnen das Verschlucken oder das Widergeben die gröste Pein brächte; da waren sie alle zum Einschlingen genöhtigt daß sie hätten zerspringen mögen / und zum Ausspeyen / daß ihrer viel darüber zerborsten / also daß sie in einer Geschwinde mit dem grossen Gut das ich gesehen hatte / fertig wurden / und da auch der Arbeitsamen Schweis auff war / tasteten sie einander selbst an / massen viel unbehutsame Geringere von deren Stärckern auffgerieben wurden / bis sie endlich vom See selbst überschwämmt / und in andere Oerter der Höllen verzuckt wurden / zu denen Consorten die ihnen in anderen Sünden gleich waren.

Es verblieben etliche Krüpel / Blinde Lahme Taube und sonst Bresthaffte Personen dort liegen / welche nicht allein nicht fortkommen konten / weil Sie viel zu gebrechlich waaren / sondern es kamen noch mehr jhres gleichen nach und nach auff Krucken / Schaltkärchen / Brettern / Pferdten / Eselln und Kärchen angestochen / also daß es zuletzt ein so grosse *Compagniæ* abgab als eine zimmliche *Armee* die mit jhrem Trossen / als Hurn und Buben wol versehen war; ich gieng zu jhnen / zuvernehmen was es vor Bursch wäre / aber sie litten an jhren Gebrechen solche Schmertzen / daß etliche meiner nicht achten: etliche mich nicht sehen und etliche mich nicht hören konden; Sie waren schier alle Elend bekleidet und hatten doch zimliche starcke Hälse / welches sich meines Bedunckens nicht woll zusammen reumete: Als ich nun nicht ablassen wolte zu wissen wer sie wären / wurde einer auß jhren Mittlen zu mir abgesandt der mir Red und Antwordt geben solte; Jhme schlug ohne unterlaß eine Höllische Flamme zum Halß heraus / davon seine Zung *Continui*rlich gantz glühend war; ich fragte jhn wer er wäre? Er antwordet / mann könde ja an seinem Habit wol sehen daß Er ein Bettler gewesen / und an seiner Marter wohl abnemmen / daß er sich vor ein Stummen ausgeben (ob er gleich keiner gewesen) um das heilig Allmosen / dessen er nicht würdig gewest / von den Reichen zupressen / damit Er seiner Faulheit und dem Müßiggang abwarten können; in welchem Standt er dann ongebeicht und ohne Reu hingestorben; ich fragte jhn / wer dann die übrige wären? sie seind / antwortet er / alle meines gleichen / zwischen denen und mir sich kein anderer Unterscheid befindet / als das sie sich anderer Gebrechlichkeiten angenommen / Wie du dann siehest / das sie auch andere Qualen leiden als ich / jenem dort dem der

Kopff brennet / gab sich aus er hätte den Erbgrind / sein Nachbar der neben jhm stehet / welchem die Augen von jnnerlichem Höllischen Feuer so funcklen / gab sich in seinen Lebzeiten vor einen Blinden aus; und solcher Gestalt wisse er mir viele die Ursach ihrer Pein zugleich mit erzelende; Jch sagte / warum habt ihr euch aber solche Boßheit / solche Begierde zubetriegen / einnemmen und beherrschen lassen / wäre es nicht hunderttausent mal besser gewesen / ihr hättet euch gleich andern ehrlichen Armen-Leuthen mehr in Schweiß eures Angesichts ernehret / und gearbeitet / daß euch das Blut zu den Nägeln heraus gehen mögen / als daß ihr nun Ewig solche Pein leiden müsset? Er antwortet du hast recht; gleichwie aber der Mensch von Art zum bösen genäigt ist / also haben wir wie Zaumlose Thier unsern Begierten gefolgt / seind dardurch ins Luter geraten / und wie ein Schiff ohne Ruder und Steuermann unserm Verderben zugelassen / ich sagte zu jhm ihr werdet ohne Zweiffel auff der Welt noch mehr eures gleichen: und also auch Besorglich noch viel Nachfolger hier haben; Nun weiß ich das der Reiche-Mann seine Brüder gern vor der verdammnis hätte warnen lassen / wann er nur einen gehabt der solche Bottschafft ausgerichtet! wann du nun einige gute Cammerathen hast die du dieser Pein überhoben zu werden wünschest / so sag mir nur welche sie seyen / und wie jhnen zuhelffen / daß sie solches entrinnen mögen / ich will so viel an mir ist / nichts erwinden lassen / das sie hierinnen Nachricht kriegen sollen / sintemal ich wieder auff den Erdboden zukommen verhoffe; der Stumme antwortet wann du weist / das der Reiche umb seine Brüder gesorget / so weist du auch was jhm Abraham vor ein Antwort gegeben; Welche aber bey meines gleichen in der Welt sich wenig reimmen wird; dann sie haben und hören weder Mosen und die Propheten / begehren denen auch nicht nachzuleben / sonder so viel sie den Kirchen zugefallen gehen / geschiehet umb der Reichen Allmosen willen die sie vor deren Thüren zuhoffen haben; und ob du jhnen gleich treuhertzig Predigen würdest / so seynd sie doch bey jhrem gantz billich befindenten Bettel in Faulheit also verludert / daß keine güttliche Verfahrung bey jhnen nimmermehr nichts erspriessen wird / ich sagte wem rechnest du aber nach dir selbsten die meiste Ursach deiner Verdamnus zu / seinds vielleicht deine Cammerathen? Er antwortet / ohn ists nicht / daß sie so boßhafftig und blind als ich gewesen / und mir mit jhrem Exempel / vorgeleuchtet / biß wir weil wir keinem andern Liecht folgeten / miteinander in diese Grube gefallen; wann aber Geist und Weltliche Obrigkeit / deren Länder / Stätte / Flecken und Dörffer wir mit bettlen und Verübung sonst allerhand Schand und Laster durchstreichen / hätten gethan was jhnen rümlich: sie auch vor GOtt und der Welt zuthun schuldig gewesen / so wäre es verhoffentlich so weit mit uns nicht kommen? dann Lieber wo siehest du die *Patres* der *Loiolani*schen *Socie*tät (welche Gesellschafft wegen Fleisses etlicher der jhrigen und sonderlich jhrer Vorfahren / durch die gantze Welt den Ruhm eines habenden allerhitzigsten Seeleneifers besitzt) daß sie / sich viel umb die Bettler und ihre Seeligkeit bekümmern als um die Söhne der Reichen; Wo siehest du einen eintzigen aus jhnen der mit einem unwissenden Bettler (wie sie dann in Warheit wegen jhrer Seeligkeit wenig wissen) aus Christlicher Treu und seiner Schuldigkeit / unvertrossene ernstliche Gespräch halten / um ihn in seinem Christenthum recht zu unterrichten; ihn zur Liebe Gottes zu reitzen / jhn zu einer heiligen Gedult zuweysen und Summariter jhn zu lehren / wie Er gleich den heiligen *Alexio, Rocho* und andern mehr in seinem Neidern und verächtlichen Stande ein heilig GOtt wollgefällig Leben führen könne und soll? nichtweniger sein diß Orts träg die Pfarrer von allerhand Religionen / ob sie gleich täglich sehen / daß die Bettler des Allmosens halber viel Gebet sprechen / jhrer Seeligkeit wegen aber selten: Und theils woll gar nicht beichten und Communiciren; so viel verstund ich mich auff die Kirchen / daß jchs gleich einer jeden: Ja auch nur den Thurn ansehen konde / ob der Ort Catolisch / Luterisch oder Calvinisch war / um entweder das Vatter Unser zuverlängeren oder nach demselbigen auch das *Ave Mariæ* zusprechen; sie die so genante Pfarrer vermeinen halt / wann sie die 99 Schäfflein ihres anvertrauten Pferchs weiden / und den frembten Bettler mit einen zeitlichen Allmossen fortweisen / so thuen sie der Sach genug / GOtt geb wer das verirrete hunderste suche und widerbringe / achten aber in dessen nichts / daß die Unwissende Lehren ein grosse Allmosen und heiliges Werck der Barmhertzigkeit sey mit welchen sie iederzeit gefast / und vor andern freigebig sein solten; Worzu sie dann beydes Zeit und unwissende Bettlers genug hätten. Aber weil kein zeitlicher Nutz zuhoffen / verbleibts unterwegen / ich fiele ihm in die Red und sagte: Es wehre schon ein Alts / und ich hätte es albereits vor mehr als 30.Jahren gesehen / daß ein Pater aus gedachter *Societet* in Cöln sich der Bettler-Zunfft angenommen der sie vor dem Bettlen in die Kirch zum Gottes-Dienst versamlet hab / und nach desselben Verrichtung mit ihnen von Haus zu Haus gangen sey / damit alles ordentlich und andächtig hergehe und die Bettler so wohl mit der Seelen als des Leibs Speyse versehen worden weren / und welcher sich hierzu nicht bequemt / den hätte er vom empfang des Almosens ausgeschlossen / eines Pfarherren Schuldigkeit aber wehre gar nicht / sich ohne sonderbare Ursachen oder habenden Befelch oder *licens* anderer Pfarkinder anzunehmen / waß er hier denselben zumesse und auflade / halte keinen Stich / der arme Lazarus wehre ohn Zweiffel / (dafern anders war sey waß er auf die Geistliche gestichelt / als ob sie nemlich die Reiche besser als die Arme weideten) nicht mit so vielen Seelsorgern umgeben gewest als der Reiche Prasser / der ihnen wohl auftragen und die Absolution bezahlen können / und seye jedoch Jehner seelig / dieser aber verdambt worden. Wo derowegen Jeder nach dem zeitlichen Leben hingelange / sey nicht der Geistlichen sondern eines Jeden eigne Boßheit und Sünden schult / und gleichwie er den Frommen Geistlichen hierinnen zuviel thue / also könte ich mir leicht einbilden / daß ers der weltlichen Obrigkeit nicht besser mache; Waß? Antwortet der Stumme / diß seind die Rechte; Es stehet geschrieben / nöthiget sie herein / damit mein Haus voll werde / wer soll nun solches anders thun / als der / den GOtt den Gewalt darzu gegeben und verliehen hat? Zwar muß ich bekennen / daß etliche aus unserem und anderer Landstreicher Orden durch ihre Hand der Verdammnus glücklich entronnen / nach dem sie zuvor in Diebstal / Mord und andern offenbaren Ubelthaten erdappet / zeitlich abgestrafft / und bey solcher Gelegenheit vor ihrem End zu GOtt bekehrt worden; Wann sie aber thun wolten was sie könden und solten / so könden und würden sie mehr verrichten als wann sie neue Klöster stifften und Kirchen bauten / wann sie nemlich meines Gleichen faule liderliche Betler und Landstörtzer ohne Barmhertzigkeit / so zu reden (dann an sich selbst were es das gröste Werck der Barmhertzigkeit) sambt deren Huren / Weibern und Kindern wie die Hund zusammen Cupplen und dieselbe arbeiten liese daß ihnen die Schwarte kracht / die Alte und Junge Vettlen müsten sitzen und Spinnen / und solten sie so breite Aerse darvon kriegen als die Scheuerthor / vor die Mannsbilder selbsten aber / wehren so viel Gräben auszuführen beydes umb Stätte / Schlösser und auf dem Lande / so viel gemeine Gebäu zumachen / Büsche auszureuten / Weg / Strassen und Wasser fürthen zu verbessern / und dergleichen Arbeiten zuverrichten / daß beyderley Geschlecht ihr anjezo ohne das wohlfeiles stück Brod nicht allein wohl daran verdienen / sondern auch so viel Uberschus erarbeiten könden / daß die wenige Alte und Brechhafftige so sich unter ihnen befinden / erhalten / und ihre Jugend zu ehrlichen Handtierungen auferzogen werden könden / worbey sie dann in allweg eben so emsich zum GOttes-Dienst als zur Arbeit angehalten werden müsten / wordurch das Land / welches diß faule Lumpen-Gesindel ohne das erhalten muß gebessert / mancher der jetzo zur Höllen rennet / zur Gottseeligkeit bekehret / der Landmann aber vom überlauff so vieler *importu*nen Presser / die sich albereit nit nur mit dem lieben Brod abweisen lasen / sondern Schmaltz / Speck. Eyer und dergleichen haben wollen / befreyet / und endlich der Betler Jugend / so das meiste ist / von der bösen Nachfolg und Gewonheit ihrer Eltern abgezogen / und sich ehrlich zuernehren angehalten würde / welche andern Fals auch wie Vätter und Mütter zu einem unnutzen Last der Erden / ja wohl besorglich zu ärgern Bößwichtern / Dieben / Strassenraubern und Mördern werden; Hierzu nun hat der Heidnische König Amasis in Egypten allen Potentaten ein fein Exempel geben / und GOtt selbst wolte durchaus nicht / daß einiger Bettler unter seinen Auserwählten Volck sein solte / und wann ich noch lebte / und wüste was ich jetzt weiß / so wolte ich in diesem Augenblick / etc.

Also dieser so fort reden wolte / wurde in einen huy ein grosser Schal vieler Trompeten / Heerbaucken / Tromeln und Pfeiffen hinter mir gehöret / so aber gar nicht so lustig lautet wie im Krieg / davon einen das Hertz im Leib aufhupffet / sondern es thönet wie ein fortrefflichs Wolffs-Geheul / daß einem wehe in den Ohren thun möchte / derowegen liese ich den Stummen stehen / dessen Worte ich ohne das vor obiger schrecklichen Musick nicht mehr hören konte / und sahe mich nach dieser umb / die Tampours schlugen vergalterung / und kriegten darauff / wie allweg zube-schehen pflegt / in geschwinder Eil einen grossen Umstand von allerley müssigen und neu Zeitungen zuhören begierigem Volck / massen ich mich selbsten auch ins Geträng schraubte / zuverneh-men was es da abgeben würde / wie nun Trompeten und Trom-meln still wurden / erhuben etliche Kerl ihre Stimmen so erschreck-lich / das ihnen Feuer und Flammen zum Halß heraus schlug; Der Jnhalt ihres Geschreys war ongeferlich dieser / also ihr rechtschaf-fene Brüder / wer Lust und Lieb hat / unter den Allergroßmäch-tigsten und erschrecklichen Herrn / Herrn Pyrrho Könige in Epirus vor einen Soldaten zu Roß oder zu Fuß zudienen / das ist / unter seinem Commando andern Leuten das ihrige zunehmen / die gros-se Städte ihrer Hab und Freyheit zuberauben / die Länder verwüs-ten / die Flecken und Dörffer verbrennen / dero Jnwohner verjagen / andere / die er nicht kennet / noch die ihn jemahlen beleidigt / todt schiesen und nidermachen / und in Summa alles Unrecht ver-üben / und alles Ubel und Unglück stifften zuhelffen; Der komme in die Herberg zum grossen Ellend genant / zwischen den Schmal-hansen und den armen Teuffel / gerad vor der Hungergaß / da wird er vor sein Leib und Leben kaum den zehenden Theil so viel Geld auf die Hand bekommen / als die Holländer ihren Soldaten vor das geringste an der lincken Hand verlorne Glid bezahlen; Da wird man ihn mit Jammer träncken / daß er erschwartzen möchte / ihn lernen Hunger leiden / daß Rücken und Bauch eins thuns seyn / und so nahe zusammen kommen wird wie zwey Bretter / ihn auch lernen Arbeiten daß ihm die Schwarte kracht / biß er endlich (GOtt wolle ihn dann sonderlich bewahren) vor der Zeit entweder gantz ausgemergelt durch Hunger und Kranckheit oder durch ge-waltsame Waffen / oder villeicht auch nur durch einen hänffenen Halskragen seiner zeitlichen Trübsal ein Ende und der Ewigen ein Anfang macht; Hieran hörete ich gleich daß dieses in ihren Lebzeiten so genante Werber gewesen / welche durch Aufschneiderey und Versprechung vorgelegenen güldenen Berge andere Tropffen in Krieg *persuadirt* / weßwegen sie dann nicht allein solch Geschrey zur Straffe führen musten / sondern auch nach dessen Endigung von dem Umstand / welcher in solchen Kerlen bestunde / die durch sie verführet und in Krieg zuziehen beredet worden waren / nidergemacht und so klein zerhauen wurden / als die Prœsilien Spähne immer sein mögen / nach dieser Hinmetzelung wurde die gantze Armada gemustert / die Jenige so auff Erden einige ohne erheischente Nothdurfft nur aus blosem Muthwillen umzubringen gewohnt gewesen / also daß sie langsam oder wohl gar nicht ihres lebens Leben bittenden Mit-Christens verschonet / noch dem Jenigen Quartir geben / vor welchen doch Christus gestorben / damit er ewig leben solte; Wurden ausgeschossen und denen übergeben / welchen sie hiebevor obiger Gestalt das zeitliche Leben genommen / und sie weil sie eben damahls in Todtsünden gesteckt / also zur Verdamnus befürdert hatten; Diese verübten nun an ihren Mördern eine grausamme Rachgierige Straff / in dem sie dieselbige an eben den jenigen Orten mit gantzglüenden Waffen peinigten / alwo sie an ihren Leibern hiebevor beschädigt / und dardurch zugleich um ihr zeitliche Leben und ihre Seeligkeit gebracht worden waren / es ist weder auszusprechen noch zuglauben / wie verbittert sie ihme marterten / dann in dem sie den Verlust und Schaden vor Augen hatten / darinn sie selbige gestürtzt / war ihre Wuth und Rach gegen sie desto schrecklicher; Es sahe und kante mich einer von meinen Alten Cammerrathen / welcher sie bey einem noch müssig stehenden Häuflein aufhielte / der tratte zu mir und fragte ob ich auch da sey? Jch antwortet / wie magstu fragen / so du mich selbsten sihest? Wie komts aber / daß du und deine Gesellen mit euren Waffen nit mit machen? Ach! antwortet er / die jenige so uns ohne Noth um das zeitliche Leben gebracht haben / seind noch in jener Welt / und werden biß zu ihrem Abdruck und Zeit dieser erbärmlichen Execution darinn wir um billiche Rach schreyen nur von ihrem Gewissen gepeinigt; Entrinnet nun einer durch ein würdige Buß vor seinem Absterben unseren höllischen auff sie bereiten Waffen / so haben wir dessen auch ewiglich zugeniesen / die weil wir als dann um die Zeit dieser Rach um unserer Mörder Seeligkeit willen der höllischen Pein so lang entübrigt sein / biß wir an andern Orthen unserer Sünden halber billiche Straff ausstehen müssen; Wofern

aber eines jeden Mörder in seinen Sünden stirbt / so wird er alsdann / wie ich vor Augen sehe von dem Ermorden / dergestalt
widerum bezahlt; Jch fragte weiters wie es komme / daß ich auch
Teuffel unter dem Hauffen sehe / die solche Execution / und zwar
viel schrecklicher als andere verrichteten? Er antwortet / das macht
/ daß dern jetzo leidenten Mörder umgebrachte in einen solchen
Stand unschuldig gestorben / darinnen sie von der Göttlichen
Barmhertzigkeit die ewige Seeligkeit erlanget; Derowegen
exequiren diejenige böse Geister diese strafbare Rach / die etwan
des Ermordens nunmehr seligen mit allerhand nachstel und bösen
Reitzungen in ihrem zeitlichen Leben zugesetzt / sie aber zur Verdamnus zubringen nicht vermögt haben; Noch ferners fragte ich /
warumb er seinen Kopff in der einen und einen Sebel in der andern
Hand trüge? er antwortet / das thue ich wegen meines Todtfalls /
aber nicht länger als in Zeit dieser Rach / und zwar auch nur so
lang / als der / so mich umgebracht / noch auf Erden lebt; Wann
aber derselbe nach seinem zeitlichen Todt hieher kombt / so setz
ich meinem Kopff auf und haue ihm den seinigen so offt herunder /
als die Göttliche Gerechtigkeit meiner Rachgier (die jetziger Zeit
mein gröste Pein ist) bestimmt und zugibt; Dann höre / als ich von
den Weymarischen den Käyserlichen abgefangen worden / und
Nachts-Zeit neben andern Gefangnen mehr um ein Feuer sasse / an
nichts wenigers als an GOtt an meine Bekehrung und meinen Todt
gedachte / sondern mit der Taback-Pfeiff in der Hand allerley unnütze schwenck Reden halff und bey mir selber nachsonne / wie
ich mich nach meiner Erledigung wider Mondiren wolte; Da kam
mein Lebens-Berauber wohl bezecht vom Marquetener mit einem
Sebel zu uns in die Scheuer / darin wir das Feuer hatten / und liese
seinen Freveln Sinn durch zusprechung seines bösen Geistes / der
noch heutigs Tags ihme ohne zweiffel nichts bessers eingeben wird
/ den Gelust ankommen / seinen Sebel (den er erst den selben Tag
nicht vom Türcken / auch nicht von Croaten seinen damahligen
Feind bekommen / sondern einen Metzger abgeraubet hatte) irgents zuprobiren; Jndessen wurde er meines nackenden langen
Halses gewar / und traff in seiner Unsinnigkeit / nach etwas herum
fochtelung / denselben so gewiß / daß mir der Kopff ins Feuer /
und der Leib darneben fiele; Jhm wurde zwar von allen anwesen-
den schändlich zugered; Aber weil er ein guter Soldat geachtet war
/ man auch den folgenden Tag marchirte / und sich niemand fande

/ der ihn umb meines / als eines armen verlassenen Gefangnen todts wegen rechtlich beklagt hätte / so entgieng er leichtlich damahls der gebührlichen zeitlichen Straffe / ich aber nichts desto weniger meiner überhäufften Sünden und Unbußfertigkeit wegen der ewigen nicht / sondern wurde ohnangesehen meines unversehenen und menschlichen Urtheil nach / gantz unschuldigen Todts (welchen ich aber auß gerechterem Urtheil Gottes anderwerts verdienet) hieher verdamt.

Jndessen nun dieser obigs so erzehlte / wurden die Ermordete mit ihren Mördern fertig / welcher geblüth wie ein glühentes Ertz von ihnen flosse / woraus ich leicht abnehmen konte / wie groß und unermesslich ihre Pein sein müste / der so in dieser Welt nicht nur bekant gewesen und bisher mit mir geredet / muste seinen Kopff auffsetzen und sich zu denen Gotteslästerern und Fluchern begeben / welche dorten in einem feurigen Pful / der dem Ansehen nach von lauter Schweffel und stinckendem Bech brante / ihre Straf ausstunden / die nach gestaltsame der Flüch / Wünsch / Schwür und Gotteslästerungen gar unterschiedlich waren / denen / so die allerheiligste Gliedmassen Christi mit schwören Eitel zu nenen gewohnt gewesen / wurten eben diejenige Glieder welche sie an Christo auf Frantzösische Mode verunehret / von den Teuffeln selbsten dermassen zerschlagen und gequetscht daß die feurige Funcken viel schrecklicher darvon stoben / als von einem höchstglühenden Eysen / das zwischen dem Hammer und Amboß getrieben oder gearbeitet wird; Denen aber / so den allerköstlichsten Schatz / das teure und allerheiligste Blut des liebreichsten Erlösers (an stat daß sie sich dasselbe zu Nutz machen können und sollen) in ihrem zeitlichen Leben Gottslästerlicher und Unchristlicher Weisse immer im Mund geführt / Wurden von den bösen Geistern die Mäuler auf gerissen und so viel stinckender unflädiger gantz glühender Materia (dergleichen abscheulichen Dings ich bishero in der gantzen Höll noch nicht gesehen) hinein geseicht / daß sie darvon mit höchster Qual zerbersten musten / und wie in der Höll der Gebrauch ist / doch nicht darvor ersterben könden; Sehin / sagten alsdan die höllischen Geister zu diesen armen Verdambten / diesen Trunck an stat dessen / daran wir kein Theil haben mögen / und dessen du dich nicht theilhafftig hast machen wollen / nicht besser giengs denen Sacramentirern / welche in ihrem Leben auch gar nichtiger Dinge halber bey den H. Sacramenten geschworen / oder mit 7.Sibenhunderten / Sibenhundert tausenten / ja Galleonen / Rennschifflein und Stadtgräben voll gantz Gottslästerlicher Weiß umb sich geworffen / solche gleichsam so viel an ihnen gewessen / geschänt / und andern gewünscht / daß sie so viel H.Sacramenta schenden sollen / dann ihnen wurden nach grösse und Grausamkeit ihrer Schwür und Flüche auch die Mäuler grausam auff gerissen / und zwar theilen so erschrecklich groß und weith / als groß und erschrecklich ihre Schwür und Flüche hiebefor gewesen / so! daß etlichen 100000.Tonnen voll *usa fœtida* und *Benzuin* auf einmal nemlich so viel als sie Sacramenta zuschweren gewohnt gewesen / gantz brennent von einem bösen Geist hoffirt und hinein gethan wurde / davon sie viel greulicher aussahen / als unsere Mahler den *Cerberum* oder höllischen Schlund selbsten immer abmahlen können / und die Verschluckung solcher abscheulichen Bissen bekahm ihnen wie den wetterläunigen Hunden das Graß / als welches sie mit höchster Pein wider ausspeyen / und mit grösser Qual wider auf fressen müssen / so lang und viel / biß sie umb anderer ihrer Sünden willen auch anderwerts andere Pein ausstehen musten; Die aber so mit Donner / Hagel / Wetter / Plitz / höllischen Feuer / teuffelholen / bodenverschlucken und andern unzählig mehr dergleichen Flüchen umb sich geworffen / litten auch solche Straffen die ihrer Gottlosigkeit bequem war / die / so andern gewünscht / daß andern der Teuffel den Hals umtrehen solte / litten solchen Wunsch selbsten solcher erschrecklichen Gestalt / daß es sahe / als wann ihnen die böse Geister ihre Köpffe entweder erst ein oder gar heraus schrauben wolten; Und die sonst mit allerhand Ungewitter und unglückseeligen Verfluchungen umb sich gestralet hatten / wurden nunmehr mit erschrecklichen Hagel / Donner / Plitz und höllischen Flammen der Gestalt getroffen / daß sie gleichsam wie durchlöchert schienen / iedoch einer mehr als der ander / ja nach dem er solche freventliche Wünsche und Flüge gegen seinem Neben-Menschen von Hertzen gemeinet / und nach dem selbige erschrecklich oder andern zuhörenden ärgerlich gewesen; Alsofortan nun wurden andere Gottesläster und Flucher oder Schwür abgestrafft / sonderlich wurden die Jenige so sich mit dem alten Flüchen nicht mehr beholffen / sondern neue Alamode Gattungen ersonnen und aufgebracht / grausam hart hergenommen / dann dieselbe wurden über ihre ordinari Straff von ihren Discipulis die ihnen solche neue Manier abgelernet / geübet und mit abgebüset / an statt deß Lehrgelds beydes mit streichen und ewigen vermaledeyungen erschrecklich tractirt; das Donnern / Hageln / Plitzen und das Geschrey der Elenden Verdamten gab an diesen Ort ein solche erschreckliche Harmoniam / daß ein jeder so solches gehöret und gesehen / wann er nur albereit der höllischen Pein föhig gewest währe / davon nit nur taub / und von immerwerenden Plitzen blind werden / sonder im ersten Augenblick hätt sterben müssen / geschweige des jämmerlichen *Spectaculs* daß man an den elenden Verdamten selbst sahe / derowegen mochte ich nicht länger zusehen / sondern wande mich gegen einem Gebäu / (welches nicht wohl einem weiten Thurn / und auch nicht wohl einem ummaureten engen Ort zuvergleichen war) das zunechst an der Battalia der Kriegsvölcker stunde; Mein Vorwitz trieb mich hinein / zuerkundigen was diß vor ein Ort wehre / da sahe ich sonst nichts als eitel Teuffel darinnen / welche einander peinigten / ausser einem der den Eingang bewarte / und noch eine zimliche menschliche Gestalt an sich hatte; Zu demselben sagte ich: Wie komts doch / daß diese bösse Geister einander selbst so plagen? Haben sie nicht genug an ihrer Verdamnus / daß sie mitten in derselbigen einander so stossen / prügeln / tretten schlagen / abbläuen / unflätige Sachen eingiesen / däumlen / rütteln / knöblen / foltern / sengen / brennen und einander mit mehr dergleichen henckerischen Martern peinigen? Er antwortet mir / jehne so gequält werden / seind / wie du vermeinest / keine böse Geister / sondern Menschen / die in ihren Leben anderer Menschen Teuffel gewesen / und dieselbe / gleichwie ihnen jetzt hier widerfährt / grausammer barbarischer ja ohn Menschlicher Weyse so henckermässig gepeinigt / ja öffters gar ums Leben gebracht haben / Geld und anders aus ihnen zu pressen; Diese seinds die in Recht und Unrechtmässigen Kriegen / in billichen und ohnerlaubten Plünderungen / beydes gegen Freunds und Feinds Underthanen / nicht nur alle Christliche Lieb / sondern auch sonst alles was noch Menschlich an ihnen gewesen / allerdings abgeleget / sich gleichsam in fleischerne Teuffel verändert / und mit ihren mit-Christen und neben Menschen umgangen und gehauset haben / wie die Teuffel selbsten; Derowegen sie auch jetzunder billich in teufflicher Gestalt leyden müssen / ich fragte / wer dann er in jenen Leben gewesen were / daß er hier nur zusehe / und wie mich beduncke / so gar ohn Schmertzen oder leidente

Pein da stunde? Ja wohl! ohne Pein / antwortet er: Meine Qual ist grösser als das sie mag ausgesprochen werden / wann du sie gleich nicht siehest / ich aber bin von Jugend auff ein Soldat / und zum allerersten im Krieg ein Rumormeister gewesen; dergestalt / daß ich Ambtshalber vor dergleichen unmenschlichen Verübungen hätte seyn sollen / welches ich aber offtermahl und zwar bisweilen aus Furcht unterlassen und durch die Finger gesehen; und weilen ich mich nicht beflissen / diese Unmenschen durch meine anbefohlene Abstraffung und *Disciplin* als Menschen zu sehen / sihe so muß ich sie jetzunder als Teuffel sehen peinigen; und wann sie diß Orts ihre Qual ausgestanden / so geben sie mir den Lohn meiner Saumsahl / bey welcher erschrecklichen *Execution* ich kaum dem hundertsten aus ihnen zu Theil werde; Jch bitte dich / sagte er ferner / unverhalte mir doch nicht / wie es jetzunder in der Welt stehet? Ob es seit dem Teutschen Friedenschluß auch wider Krieg gibt oder nicht? ob man auch noch so *Rigerosè* darinn verfährt oder nicht? ob man die Soldaten ausbezahlt und gute Kriegs *Disciplin* hält oder nicht? ob man auch noch Rumormeister / Provosen / Hencker und Steckenknecht braucht oder nicht? oder ob seit besagtem Friedenschluß alles in völligem Frieden blühet / oder ob alles drunter und drüber gehet? Jch antwortet / du kanst selber wohl ermessen / wann der *Sancte* befestigte Friedenschluß Christlicher Gebühr und aller Völcker Rechten nach auch *Sanctè* gehalten wird / daß man von keinem Krieg nichts weiß; aber gleichwohl ist man in der Christenwelt ohne gewaltige Armaturen nicht! Sie seynd aber darumb nicht darauff angesehen / daß ein Christlicher Potentat den andern: Ein Christlichs Reich das ander / wie etwan zu deiner Zeit geschehen seyn möchte unterdrucken / bezwacken / schwächen / berauben und einer des andern Vermögen gewaltiglich zu sich reissen wolte; sondern das gantze Christenthumb vor den ausländischen Barbarn / Tartarn / Türcken und dergleichen abgesagten Feinden der Christenheit zu beschirmen / die Länder / so etwan hiebevor den Christlichem Glauben bekennet / oder dem Heil. Röm. Reich unterworfen gewesen / sambt dem gelobten Land wider zum Schaafstall Christi zu bringen / und Summariter der gantzen Welt zu weisen / daß die Christliche Waffen (wie etwan die wenige Waffen Gedeonis) vermittelst der Treu / Lieb und Einigkeit genugsamb seyn / durch Gnad und Beystand ihres allerliebreichsten GOttes / der sie nimmermehr verlässt / vornemlich weil sie so frommiglich leben / die allerschrecklichste Macht ihrer Feinde zu überwinden / und die Ehr des Allerhöchsten Namens bey ihren Halsstarrigen Aberglaubigen *Antipodibus* auszubreiten; dann wer ein wenig Macht auff der zergänglichen Welt von GOtt zu Lehen bekommen hat / der hat auch den Glauben / daß er solche zu Ehren GOttes anlegen müste / wolle er anders nicht deßwegen künfftig ein schwere Verantwortung sich auffbürden; Jn solcher Meinung / in solchem Vorsatz / zu solchem Ende nun hat man zwar grosse Bereitschafften zum Krieg / und allerseits einen gewaltigen hauffen Völcker beisammen / welche aber also *disciplinirt*: oder besser zu sagen / aus täglich vor Augen schwebendem Exempel ihrer Feldherrn und Generaln / zur Gottseligkeit also angewöhnet: Ja aus solcher Gewohnheit gleichsamb Naturt seynd / daß du / wann du in ein Quartier oder Feld-Läger kommen soltest / nicht anders vermeinen würdest / als hättest du wo nicht lauter *Religiosi*, doch wenigst eitel Sancti Georgi und Gesellschafter aus des heiligen Mauritii Legion vor Augen; Jn Summa sie seynd nicht nur allein beschaffen / wie sie der heiligste *Johannes Paptistæ* zu seiner Zeit beschaffen zu seyn gewünscht und gern gesehen hätte / sondern sie haben auch drüberhin und zum Uberfluß eine solche Begierde in rechtmässigen Kriegen wider die Barbaros vor die Christenheit zu fechten / ihr Blut zu vergiessen / und / wann sie nur die Ehr haben könten / darvor zu sterben / als immermehr einer von den alten Heiligen eine Begierde zur Marter Cron bezeugt haben mag! und dannenhero sihet man unter ihnen keine Gottslästerer / Hurer / Baurenschinder / Spieler / Vollsauffer / Rauber / Frauen oder Jungfrauen-Schänder / sondern ein jeder vom Höchsten bis zum Nidrigsten gehet dem andern mit solchen aufferbaulichen Exempeln vor / daß einer unter ihnen beynahe nicht anderst als Gottselig leben kan; was sie auch vor Arbeiten in Hitz / Frost / Hunger und Durst ausstehen / geschiehet mehr mit einer hertzlichen und willfärigen Freud / als mit einer streitenden Gedult / sindemahl alle nichts anders wünschen / und vorlängst gewünscht haben / als vermittelst Rittermässiger Mühe und Helden-Arbeit etwas unter ihren Fahnen vor die Ehr Gottes zu leiden; massen sich auch keiner mehr / wie in der alten Welt / unter den Waffen wider seinen Mit-Christen / wann es gleich in einem rechtmässigen Krieg seyn solte / gebrauchen lässt; Dahero kommts / daß nur vornemblich die jenige denen das Heil ihrer Seligkeit am eiferigsten angelegen / sich in Kriegs-Dienste begeben / wie etwan vor diesem so gesinnete Leute Mönch und Einsidel zu werden gepflegt; so werden ohne daß nicht mehr wie vor diesem allerley liderliche Leute / als Landstreicher / Storcher / Landsverwiesene / böse Buben und solche die den Eltern und Obrigkeiten kein Gut mehr thun wollen / in Kriegsdienste angenommen / sondern nur solche / die ein Eifer haben vor die liebe Gerechtigkeit zu leiden und zu streitten.

Vermittelst nun dessen / was du von mir gehöret hast / ist die betrangte / vor diesem bey den Griechen und Lateinern so hoch berühmbte Jnsul Creta / jetzo Candia / durch die aller Christlichste Waffen wider den Türcken getreulich entsetzt / zumahlen auch Cyprus und Rhodos / weil es mit Candia so wohl von statten gieng / mit gesambter Europæischer Hand *attaquirt* und zum Christenthumb gebracht worden / nun wirds dem Hellesponto gelten / umb der Stadt Constantinopel selbst beyzukommen / so seynd auch bereits die Bischoffe von Antiochia / Ascalon / Tripolis / Sidonien / Gaza und andern Orten befelcht / sich zur Reise fertig zu halten / umb sie ehestens widerumb in ihre Bisthümer einzusetzen / wie man dann auch nichts gewissers erwartet / als die Zeitung ehistens zu vernehmen / was massen Franckreich / England und Holland / die Stätte Alexandriam / Smirnam / Damascum und Jerusalem selbst übermeistert und in ihrem gemeinschaftlichen Gewalt haben / anderswerts gegen Mitternacht gehen die Schweden / Polen / Dehnen und Moscowitter gegen die Tartarn deß Türcken Vormaur / seynd auch allbereit so weit kommen / daß sie deren Stärcke nidergerissen / und durch die *Progressen* ihrer Waffen / den Persianer in ihre Hülffe wider den Turcken bekommen haben / dardurch sie vermeinen gegen dem Frühling dessen Länder bis an das Ost-Jndianische Meer und des grossen Moguls Gebieder Schachmatt zu setzen / von dannenhero die Portugesen und Holländer mit Siegreichen vereinigten Waffen ihnen entgegen rucken / ja man macht allbereit Concepta / wie Japon und China zu Chor zu treiben seye? Und gleich wie alles durch solche Einigkeit und Christliche Treu von dem äussersten Mitternacht bis an die Chinesische Maur / das Caspische und Mittelländische Meer ja weit drüber hinüber wohl von statten gehet / also hatten sich nicht weniger mehr als Rittermässig die Spannier / Portugesen / Engel- und Holländer in Africa / West-Jndien und denen übrigen Ost-Jndianischen

Jnsuln und Ländern / dann Candia / sonst Zeilon genant / haben die Portugesen und Holländer vermittelst ihrer Einigkeit überwunden und zum Christlichen Glauben gebracht / man sihet allerdings keinen mehr der sich vor einen Singalen bekennet / die Malobren / Peguaner / Calikeuther und noch wohl andere mehr uns bishieher unbekante Völcker / die bey nahe unter dem Polo Antartico wohnen / haben sich der Christen Einigkeit / ihrer Treu / ihres Gottseligen Seelen-Eifers / und in Summa einer so seltenen in der Welt niemahls erhörten Harmonia dergestalt zu erfreuen / daß die dero Löbl. Einstimmung beypflichten / und ich weiß nicht aus was vor einer verwunderlicher Erstaunung über der Europæer Glück sich ihren als rechtschaffenen alten Christen die GOtt liebt und als seine Außerwehlte Kinder so hoch beseligt / gleichförmig machen! So / daß viel daraus schliessen / weil den alten Propheceyungen nach ein Hirt und ein Schaafstall seyn werde / ehe der Jüngste Tag komme / so seye das End der Welt vorhanden! So hat es nun eine Beschaffenheit umb die heutige Krieg der Christen.

Der / mit dem ich redete / verwundert sich / und sagte / Europa müsse gewaltig an Gelt-mitteln erschöpfft worden seyn / bis man so grosse Armaturen zu Wasser und Land auffgebracht hätte / und weil deren Unterhaltung noch viel mehr koste / könte er nicht fassen / wie die Christliche in vorigen Kriegen erschöpffte Länder solches alles erschwingen könten? Jch antwortet / gleich wie Rom aus einem geringen Anfang durch Tapferkeit und Weisheit groß / und zu einem Haubt der gantzen Welt worden wäre / also hättens die Christen durch Eintracht / Treu / zusammentragende Liebe / vornemblich aber durch ihren Gottseligen Wandel gleich Anfangs so weit gebracht (sintemahlen unmüglich / daß bey einem solchen Christlichen Heer und dessen so heiligem Vorsatz etwas anders als Glück / Heil / Sieg und aller Göttlicher Segen seyn könte) daß sich nunmehr ihre Kriege wider die Unglaubige nicht allein selbst führten und ernährten / sondern auch Europam aus den ausländischen Schätzen von Gold und Silber dermassen bereicherten / als vor Jahren Salomon durch den Frieden und seine grosse Weisheit zu Jerusalem immer gethan / er / sagte ich weiter / hätte gefragt / ob man auch noch seines gleichen Rumormeister / item Profosen / Hencker und Steckenknecht brauche? Er könte aber aus voriger Erzehlung leicht abnehmen / daß man deren gar nicht vonnöhten;

man hielte zwar dergleichen / aber nur *pro forma,* und damit die Regimenter ihre Glieder vollkommen hätten / sie bekämen aber wegen allermänniglichs Wohlverhalten so wenig zu thun / daß sie lauter Feyertäge genössen / und die Hencker / dafern anders noch ihr Orden nicht gar abgienge / ihre Kunst allerdings vergessen müsten.

Jch hatte noch lang mit diesem Kerl gespracht / aber er wurde gehling hinweg gerissen / die Qual außzustehen davon er mir zuvor gesagt; Derowegen gieng ich weiters / und kam vor einen gewölbten Pferdsstall / an welchem ich wegen seiner Länge kein End sehen kunde; Er stund zu beiden Seiten voller Klepper / so woll alte Schind-Merren / als den Ansehen nach feine Junge Stück aus allerhand Nationen; an Statt der Streu unter den Füssen und an statt des Heues in den Rauffen / sahe ich nichts als Feuer-Flammen / welche oben im Gewölbe wie in einem auffs höchst erhitzten Ofen zusammen schlugen; über das stunde hinder einem jeden solchen Roß einer mit einer glühenden Spiesgerten / das Pferd / wie die Pereiter auff Erden zu thun pflegen / zum springen ohne Unterlaß zu nötigen; dannenhero hielte ich diesen Ort gleich vor des Luciferis Marstall / wie ers dann auch eigentlich war; fragte derowegen einen von den abscheulichen Stallratzen die sich dort befanden / und jetzo die Pferde strigeln wolten / zu was End sein Herr so einen Hauffen Pferd hielte / da doch die höllische Geister deren / weil sie selbst geschwind genug währen / gantz nicht bedörfftig; er antwortet mir / diesse Rösser seind auff Erden Weibsbilder gewessen / welche sich durch Wollust und Kützel ihres Fleisches bethören und verführen lassen / das sie ihrer allerdings selbst vergessen und gleichsam wie die Roß und Maul-Thier / in welchen kein Verstand ist / der Unzucht nachgehengt / vornemblich aber denen welche dem höchsten GOtt stäte Keuschheit gelobt sich untergeben und gleichsam zu solchen Ende auff der Streu halten haben lassen; dannenhero werden sie von den unserigen / als hierzu sehr bequeme Rittling / an statt der Pferde gebraucht / wann sie etwann eine Sach auff Erden zu *agiren* haben / die entweder Prachts oder Betrugs halber fein scheinbarlich und zwar zu Roß zuverrichten vor notwendig geachtet werde; die Pickirer / sagte er ferners / so hinter ihnen stehen und sie mit ihren Spißruten trillen / seind eben die jenige welche diese Vetteln / nach den sie zuvor selbige verführet /

in ihrem Leben *Caressirt*: Und mit ihnen in allem Wollust beydes ihre Gott verlobte Keuschheit Meinäydiger: Und ihr Theil am Himmel leichtfertiger Weiß verschertzet haben; ich fragte den Stallknecht / ob sie sonst auch noch grössere Pein als ihr feuerig Heu und Streu und ihrer bereiter Spießgerten ausstehen müssen? Freylich antwortet er / diß was du sihest / ist noch das Geringste / und zwar viel geringer / als die Qual daß sie nicht wie andere Verdammte in ihrer höchsten Pein eine Jammer-Klag oder ewigs Ach und Weh schreyen können / sintemahl ihnen solches als stummen Rossen nicht gegönnet sey / welches kläglich Geschrey gleichwohl den Verdammten gleich wie den Krancken das ächtzen / etwas Linderung der übergrösten Schmertzen / zubringen pflege / wo nicht in Werck selbsten / doch wenigst in der Einbildung.

Jn dem wir nun so vorm Stall stunden und mit einander redeten / kam noch ein grosse Schaar solcher Stallknechte mit ihren erschrecklichen Striegeln dahin / welches zum theil Menschen / und in ihrem Leben Cupler gewesen / zum theil aber natürliche Teuffel waren; worauff die Pickirer mit ihren Spißgerten abtraten / diese aber die Klepper zu striegeln anfiengen / daß Haut und Haar mitgieng / und die Funcken so dicke darvon stoben / daß ich mich nicht länger daselbst enthalten konte / sondern nebenhin in ein Zimmer gehen muste / darinnen kein Feuer zu sehen. Hingegen aber etliche Kerl umbdapten / welche die Hände in die Seiten stellten / den Bauch damit hielten / und sich dermassen worgern / als hätten sie Lung / Leber und den Magen selbst heraus speyen wollen / davon sie im Angesicht so schwartz und abscheulich verstellt wurden / daß man leicht daran abnehmen konte / was sie vor einen unsäglichen Schmertzen litten / gleichwohl vermochte doch keiner zu erworgen / vielweniger etwas heraus zu bringen / auch nicht zu reden noch zu schreyen / ohne das sie zu Zeiten ein Geblerr hören liessen / wie das Schreyen eines Bocks / dem der Metzger die Kehl absticht / und doch das Maul zuhält / meines Erachtens sahe ich dem Spectacul wohl ein halbe Stund zu / ehe ich ein verständlich Wort von ihnen vernehmen konte / bis endlich einer schwerlich sagte awe / awe / awe / Jch sagte zu ihm was Wunders hast du im Halß? awe / ein Buch / antwortet er / ich sagte / speye es heraus / gesagt und gethan war eins / dann er spye ein lustiges Tractätlein heraus / welches zu seiner Zeit sehr beliebt und verkäufflich gewesen war / diß Buch / sagte er / hab ich in meinen Lebzeiten einem andern nachgedruckt / und ihn damit wider Christliche Lieb und Treu an seiner Nahrung in mercklichen Schaden gebracht / weswegen ich dann dergestalt daran kauen muß / wie du sihest das gegenwärtige meine Mitbrüder umb gleicher Ursachen willen auch gleiche Pein und Marter ausstehen / jedoch einer mehr als der ander / je nach dem ein jeder in dieser Sach auff Erden gehauset / ich antwortet ihm / diese Marter beduncke mich viel grösser zu seyn / als daß sie mit einer so geringen bettelhafften Brodsuchung / deren sich auch unsere heutige redliche Buchführer schämen würden / hätte verdienet werden können! Wie? fragte jener / mir in die Red fallend / pflegt man jetziger Zeit einander dann nichts mehr nachzudrucken? Wann das wäre / so müsten entweder die Neue Bücher deswegen hoch privilegirt / oder von solchen unwerth seyn / daß man sie für lauter Maculatur hingeben muß / hat sich wohl privilegiert / antwortet ich / hat sich wohl unwerth! Die Bücher vom allerbesten Abgang / seynd heutigs Tags vorm Nachdrucken so sicher / daß sie solcher Privilegien weniger als der Wagen des fünfften Rads bedürfftig! Massen die Buchführer / da man doch sonst sagt / das Handwerck hasset einander / sich nicht allein untereinander wie Brüder lieben / und ein jeder dem andern seine Nahrung und ehrlichen Gewinn von Hertzen gern gönnet; sondern sie *observiren* auch in allen ihren übrigen Händeln und Geschäfften das Gesetz der Natur viel mehr und fleissiger als andere Leut / dannenhero es allgemach dahin gediehen / daß man bey nahe keiner Censur noch scharpffen Auffsicht mehr wie etwan vor diesem bedarff / weil ein jeder der mit der nimmer genug belobten Buchdrucker-Kunst umbgehet und zu schaffen hat / von selbsten sich alles eiferigen Ernstes angelegen seyn lässt / so viel an ihm ist / darvor und daran zu seyn / daß weder ihnen noch der edlen Kunst selbsten das geringste tadelhaffte übersehen beygemessen werden könne.

Diß wäre eben die Mitte dessen gewest / was ich zureden vorhatte; ich wurde aber von einem wunderlichen vorbey *passi*renden Kerl in meinem *Discurs* dermassen erschreckt und zerstöret / daß ich allerdings so still schwieg wie ein Fisch; und als ich zureden auffhörete / hatte jener das Buch wider im Hals und worgete daran wie zuvor / derowegen verliesse ich diese Ketzer und sahe erstgemelten Ankömling zu / welches nur ein leidigs Gerip war / in aller Gestalt wie die Lebendige dem Todt abzumahlen pflegen / ohne daß dieselbe Gebeines hin und wider mit noch mehren Knochen von allerhand Thieren / fürnemblich von den Köpffen / item stücklein Gurgeln und mancherley dergleichen Abschrötlein von nichtswertigem Fleisch besetzt gewesen / welche / wie mich bedunckte / alle lebendig waren / weil sie inwendig und auswendig an diese Gerip herumb krochen / wie die Schnecken oder bluth Egel; mir fiele zu / es möchte vielleicht der Pastetenbecker Patron Vielbein sein / welchen etwan Philander von Sittenwalt zu seiner Zeit in der Höllen gesehen / ruffte ihm derohalben mit solchem Nahmen auff ein Wort mit ihm zureden; Er aber wande sich gegen mir und sagte / ich bin nicht der / darvor du mich ansiehest / gleichwol aber auch in meinem Lebzeiten ein naheverwanter des Pastetenbeckers: nemlich einer aus ihren Vorschneidern / daß ist / ein Metzger gewesen; Wie zum Potztausend / sagte ich / warest du ein Metzger und hast jetzt selbst so wenig Fleisch zum besten? daß macht / antwortet er / daß ich / dasselbige in jehner Welt sampt anderm Fleisch so ich außgehauen / alles mit verkaufft habe; dann ich wuste nicht allein meinen Vortheil im wägen / und das Fleisch in die Schale zuwerffen / das das Gewicht geschwind übersich schnappen muste / hernach dasselbe geschwind wider heraus zunehmen also das mancher / vermeint / er habe ein guten Außschlag bekommen / sonder ich wog auch bisweilen BubenFleisch mit; und solten die Käuffer alles heimgetragen haben / so an der Wag gewessen / so das sie ihr völlig Gewicht zu Hauß hätten haben sollen / so wär mir auch in meinen Lehr-Jahren kein Finger mehr an den Händen geblieben / mit niemand kond ichs besser / als mit denen Fleischschätzern / die gern ein Aug zuthäten / und was mir Wag und Gewicht zu *Visitirn*; armen Tropffen aber / von denen ich kein sondern Nutzen zuhoffen noch Straff oder Schaden zuförchten hatte / oder die sonst meine Freund nicht waren / den sattelt ich Bein und Lappen-Fleisch auff / oder ein Stuck das schon lang auff der Banck gelegen / und so roht wie ein gesottner Krebs aussahe; vornemblich aber wuste ich allzeit etwas schlims und untüchtigs beyzuwägen / also das ich mit einem ausgemessen Ochsen gar wol eine halbe auff die Wäid verschmachtete oder sonst verlamhbte alte Kuh / auf solche weiß vertreiben konte / deren Fleisch so halsstarrig und taurhafftig / das es sich dannoch ob es gleich lang genug gesotten: und zweymahl so viel Holtz darbey verbrennet / als das Fleisch werd / nachziehen und thänen können wie die Schuster das Leder; daß war aber an mir das allerärgste / das ich die Stücker Bein und andere ohne daß unnütze Zugaben / die weder zusieden noch zubraten / vielweniger zu essen waren / woll vier oder fünffmahl widerumb wogen und verkauffte / ehe ich einmahl die Waagschal der Gebühr nach auslehrte; und dieses seynd eben die immerwährende Gewürm / die du an mir kriechen und an mein eigen Gebein ewiglich quelen siehest; murret einer oder der ander darwider / und *prætentirte* umb sein Gelt die billiche Gebühr / so fieng ich an zu Potzmartern / daß er Gott danckte / daß ich wider stillschwiege / geschweige jetzt / wie manches hinfälligs krancke Stück Vieh ich mein Tage gemetzelt / daran auch mancher ein Kranckheit gefressen / auff mich oder das Fleisch aber gleichwohl nicht gedacht /

sondern sich etwan sonst eingebildet / er habe da oder dort etwas schädlichs gessen / oder den Magen mit Obs oder irgents einem kalten Trunck Wasser verderbt / so ist auch hier unnöhtig zu melden / was vor ander tausendfältige Renck und Vörthel ich in Erkauffung des Viehes gegen den einfältigen Bauren gebraucht / bis ich sie belauret und ihnen ihr Viehe ein wenig wohlfeiler als halber geschenckt / abgeschweist und in meine Händ gebracht. Jch antwortet ihm / so gehets unserer Zeit nicht her / dann zu solchen Verzwackungen und Diebsgriffen seynd unserer Metzger viel zu ehrlich! Ja / ja / sagt der Verdammte / du wirst michs nicht überreden / sie werden auff Jtalianisch darumb Beccari genant / weil sie jederzeit ein Untz oder zwo am Gewicht wissen abzubicken / daß mans nicht gewahr wird / so ist auch aus ihrem Lateinischen Nahmen nicht viel Guts zu schliessen / als welcher von Macello einem Römischen Burger / der viel heimliche Todschläg und Mörderey in seinem Hause begangen / herkommen / dann als die beyde *Censores Æmilius* und *Fulvius* ihne deswegen zum Tod verurtheilt und alle seine Güter *confiscirt,* ist sein Haus / welches sehr bequem an der Tyber gelegen / unserer Zunfft verkaufft / von welchem wir dann nach seinem alten Herrn Macellarii genant worden / ich antwortet / dir ist wie einer Huren / die nach ihrem Fall wünscht / daß alle ehrliche Weiber und Jungfrauen Huren wären / damit sie allein die Schandvettel nicht seye / du must aber wissen / wann einer gleich gern zu einem solchen Maußkopff werden wolte / wie du sagst / daß du einer gewesen seyest / daß ers wegen guter Ordnung und strenger Auffsicht der Obrigkeit nicht werden kan / dann ob sie gleich wie du / genaturt wären / so werden ihnen jedoch alle acht Tag / ja gleichsamb alle Stunden Gewicht und Waagen *visitirt,* das Viehe / beydes klein und groß / jung und alt / feist und mager / nach dem es werth ist / lebendig und nach dem es gemetzget / geschaut und geschetzt / die Verbrecher der ein und anderen Ordnung und guten Anstalt alles Ernstes gestrafft / und in Summa / von den Metzgern auch selbsten / alles so wohl in Acht genommen / das Viehe / wann es geschlachtet / artlich ausgemacht / das Blut sauber heraus gelassen / daß das Fleisch nicht roht seye / item wohl und sauber zerlegt / säuberlich gehalten und geschmückt / daß es einem jeden der unter die Metzig kommt / einen Lust gibt / etwas zu kauffen / worunter man neben dem ausgemästen Rindfleisch im Winter fette Säu / vor und nach Ostern junge Kitzlein und Saugkälber: Jm Sommer aber vor Johannis die Lämmer / und im Herbst die verschnittene Hämmel und Böck findet.

Jn dem ich dergestalt meinem Metzger Widerpart hielte / bekam er allgemach sein Fleisch und Kleider widerumb an den Leib / also das er ihm selbsten gleich sahe wie er auff Erden ausgesehen hatte / ihme wurde aber in derselbigen Gestalt keine Ruhe gelassen / dann nach dem er auch einen Spieß in die Hand bekommen; reitzte und trieb ihn ein höllischer Geist auf einen andern Platz / welches mich gemahnet / als wann jrgents ein Corporal einen Soldaten auff die Wacht commandirte / Jch gieng mit / zu sehen / was es ferner mit ihm abgeben würde / dann mich bedunckte nicht / daß er als ein Metzger nunmehr wie ein Kriegs-mann *armirt* seyn solte / es müste dann etwas besonders bedeuten / also kamen wir auff einen grossen umbschranckten Platz / auff welchem noch mehr so bewehrte Männer aus allerhand Ständen / Handels und Handwercks-Leuten sich befanden / welche mit ihren Spiessen viel grimmiger ineinander fielen und sich ohn alle Barmhertzigkeit dahin metzgeten / als des Cadmi Kriegs-Leute / die aus eines Drachen Zähnen gewachsen und entsprungen / immer thun mögen / umb so viel greulicher und erschrecklicher war dieser Scharmützel / als jener Trachen-Krieger gewesen seyn mag / weil ihre Spieß-Eisen gantz glüent / und die Frantzen daran / lauter höllische Feuerflammen waren / welche also einem in Leib gestossen einen schmertzlichen Tod verursachten; dannenhero war auch ein grösser Ach- und Zetterlichs Mord-Geschrey / als in einem grossen Treffen auff Erden seyn kan / und demnach sie miteinander fertig / eröffnete sich der Boden / darauff die Schlacht geschehen / und verschluckte die Gefallene an andere höllische Oerter / gleich wie aber dem gemeinen Sprichwort nach keine Schlacht so groß ist / daß nicht etwan einer darvon kommt / also blieben hier auch noch etliche wenige übrig denen ich zusprach / um mich der Bedeutung dessen so ich gesehen / zu erkundigen / die berichten mich / daß die Nidergemachte in ihren Lebzeiten solche Leute gewesen wären / die andere von ihres gleichen Handwerck und Handelschafften durch allerhand List und Fünd so subtile Stricke gelegt / daß sie sich darinn fangen / in Armuht gerahten / ihren Credit verliehren / und wann sie nicht mehr waten noch schwimmen mögen / Falliment und Banquerot spielen / und sich also mit dem Judenspieß nidermachen lassen müssen / wie sie / die mir solches erzehlet / dann auch mit solchen Practiquen bey ihren Lebzeiten caput gemacht worden / und jetzo zu keinem andern End auff dem Kampff-Platz erschienen wären / als daß sie an denen die ihnen solches gethan / die jenige Rach üben helffen / die ich erst gesehen / ich hätte gemeinet / sagte ich zu ihnen / weil ihr so vortelhafftig und Gleichsam gantz unschuldiger weise hinders Liecht ins Garn geführt / umb das eurig gebracht und in die unglückselige Armuht auff jener Welt gesetzt worden seyd / ihr soltet mehr eines barmhertzigen Mitleidens als auch in dieser Welt der noch unglücklichern Verdammnis würdig geacht worden seyn? Ja antworteten sie / wann wir sich in solche zugefallene Göttliche Verhängnis mit Christlicher Gedult geschickt / selbige vor ein Straff der bereits vollbrachten / und als eine Warnung von den künfftigen Sünden angenommen / sich gebessert und durch die Gewinnsucht und Begierde widerumb jn Posses voriger Reichthumen zu gelangen / uns nicht bethören hätten lassen / so hätte es wohl geschehen mögen / aber in dem wir nit erkant / das die Entladung unserer zeitlicher Haab uns viel bequemer gemacht auff GOtt zu gedencken und nach den Himmlischen zustellen / so thäten wir gerad das Widerspiel / und suchten durch übermässige Begierde mit neuen griffen auch neue Reichthumb / dardurch wir unser altes Sünden-Maß vollends auffzuhäuffen nicht auffgehöret haben / bis wir von dem zeitlichen Tod übereilet / und in diese ewige Qual gestürtzt worden.

Jch sagte der Judenspieß seye jetziger Zeit gantz aus der Welt verschwunden / das Wort Kauffmanns *interesse*, wäre bey allen rechtschaffenen Christen auch nur zu hören ein Greuel / man leihe und borge einander aus Christlicher Liebe und gar nicht umb Gewinns willen / die Kauffleute handelten nicht wie die Juden etwas zu erschachern und ihre Reichthumb zuvermehren / sondern ihrem Nebenmenschen umb einen gar geringen ehrlichen Gewinn mit ihrer Wahr zu dienen / und also seyen auch alle Handwercks-Leute gegen denen so mit ihnen umbgiengen und handelten / gesinnet / dannenhero verbleibe aller Wucher / alle Argelist / aller Betrug / alle böse Griff / Fünd und dergleichen sündliche Werck so etwan im schwang gangen / Gelt und Gut zu erobern / unterwegen / weil nunmehr jederman die überflüssige / insonderheit aber die unrechtmässige erschundene Reichthumb wie die Pest fliehe / die-

weil bekandt / daß solche nicht allein nicht mit in jene Welt genommen werden können / sondern noch darzu bisweilen zu den
ewigen Gütern zu gelangen / verhinderlich zu seyn pflegen / ja!
antworten die so mit mir redeten / hätten wir solches auff Erden
betrachtet / so wären wir hieher nicht kommen / allwo wir (aber
ach viel zu spat) erkennen / daß wir die allergröste Narrheit begangen / in dem wir uns umb des zergänglichen zeitlichen Willen in
eine ewige immerwehrende Qual gestürtzt haben / es würde nach
und nach einer nach dem andern von diesen Kerln hinweg gezwackt / also daß nur zween bey mir verblieben / mit denen ich in
ein umbmauret Gewölb kam / das an Statt des Dachs eitel Kamin
hatte / aus denen immerfort Feur-Flammen schlugen / es sahe
mehr einem Gemählte oder einer altfränckischen seltzamen Anti-
quität gleich / als daß ich gedachte etwas besonders darinn anzu-
treffen / als ich aber hinein kam / befande ichs viel grösser / als es
von aussen das Ansehen gehabt / und so viel Leute darinnen / und
zwar in lauteren Feuer arbeiten / daß ich vermeinte / entweder
müste Vulcanus seine Schmiede / oder Pluto selbsten sein *Laborato-
rium Alchimiæ*, daraus er seine grosse Reichthumb schöpffte / daselbst haben / alle Jnstrumenta so zu der Arbeit gebraucht wurden
/ waren so wohl als die Arbeiter selbst gantz glühent / und wann
man sie nicht auff die Metall hätte sehen hämmern / so hätte man
nicht gewust / welches die Materialia so zu verarbeiten waren /
oder die Arbeiter gewest wären / etliche limentirten das Gold /
etliche gradirten das Fein-Silber und nahmen Kupffer zum Zusatz /
etliche gossen die Mixtur in Stangen / etliche hämmerten dieselbe
in ein gebührliche Breite und Dicke / etliche schnitten sie in gevier-
dte Stücklein / etliche glüheten dergleichen Stücklein ab / und
trieben und beschnitten sie weiters in eine Grösse / wie sie die haben wolten / andere wogen sie / schnitten und schlugen sie rund /
andere säuberten es und gaben ihm sein Farb / und endlich schlugen andere das Gepräg darauff / und solcher gestalt machten sie
aus alten Reinischen Goltgülden neue Ducaten / und aus alten
Reichsthalern einen Hauffen geringe Scheidmüntz / so daß ich
mich diese Multiplicirung wegen nicht enthalten konte zu sagen /
ach ists nicht immer Schad / das diese Leute nicht noch auff der
Welt leben / unserem heutigen Geltmangel mit ihrer Arbeit zu
Hülff zu kommen? sintemahl sie aus wenigem so viel machen können.

Ja; sagte einer zu mir / so mit mir hinein kommen war / weil du den Handel nicht verstehest / so weist du auch nicht was du wünschest; diß seind Kipper und Wipper / Land-Dieb / Seckel-Rauber / Ertzwucherer / Beutelschneider die ärger als Strauchmörder und Strassenrauber / ja rechte *Harpyen,* durchteuffelte Geitzhälse / unersättliche Wölffe und in ihrem Leben so durchtriebene leichtsinnige gewissenlosse Grundschelmen gewesen; die sich nichts darumb bekümmert / wann sie gleich ärger als die ungetauffte Juden durch ihre vortelhafftige Bubengriff und Diebs Practick das Land beraubet; ihren neben Menschen wissentlich und wohlbedächtlich betrogen; dem Namen das seinig aus dem Seckel schandlich gestohlen / und das Marck aus den Beinen: Das Blut aus den Adern ja gleichsamb gar die *Spiritus Vitalis* biß auff den eusserlichen Grad ausgezogen; diese seinds / die vor Jahren / wie man dan noch von A. 1622. zusagen weiß: viel Jammer und Noth viel Seufftzen und Klagen; viel Streit und Zerrüttung gestifftet und angericht und viel tausend Menschen an Bettelstab gebracht haben; Jn dem sie die gute grobe zwar klein und grosse Silberreiche alte Sorten auffgeschnappet / in Tigel gesetzt und vermittels ihres zusatzes des Kupffers lose leichtfertige Müntz hingegen daraus geschlagen; über welches damals eingerissenen *Confusion* und Zerrüttung lang hernach geklagt worden und vielleicht noch geseufftzet wird; ich antwortet seind es solche Galgenvögel / so möchten sie gleichwol bleiben wo sie wären; ich wäre fro daß wir jetziger Zeit keine solche Müntz-Verderber auff der Welt hätten; und zwar so würden Fürsten und Herren auch nicht zugeben / das sie ihrer hochlöblichen Vorfahren Bildnus so zu ewigen Gedächtnuß mit höchstem Fleiß auff die alte Müntzen geprägt seyn / dergestalten zernichten: und dargegen auff ihrer leichtfertigen neuen Müntz den einen und andern mit einer küpfernen Nassen wie einen Trunckenbolt der Nachwelt darstellen solten; ja! ja! wurd mir geantwortet / du bildest dirs woll ein; aber worvor seind dann noch so viel lehre Stellen und Werckstätte hier übrig / als das solche Gesellen so woll als gegenwärtige hier auch ins künfftig ewig darin arbeiten sollen? harre nur / wann nicht bald ein anders Einsehen gehalten wird / ob es nicht bald wider dahin gedeyhen wird / wie es zu meiner Zeit Anno 22. gewesen; ich fragte ihn was sie beyde so mit mir dahin kommen / in diesem glühenden Gewölbe zuthun / sintemahl sie nicht so wol als andere mit müntzten / das macht / wurde mir geantwortet daß wir sich auff

Erden bey diesen Gelthambstern nur als Mackler und Auffwexler gebrauchen lassen / selbsten aber weder den Verlag noch einigen andern Nutzen darvon gehabt haben / als was uns diese Schindhunde vor unsre Mühe und an statt des Umbwexels gegeben; welches ob es zwar gegen ihrem Gewinn zurechnen / ein gerings gewesen / uns dannoch wie du gleich sehen wirst / anjetzo grausam genug eingetränckt wird; so bald diß ausgeredet war / wurde diesen beyden ein Tranck von vierlötigem zerschmoltzen Silber eingegossen / wie etwan die Parthier dem *Crasso* Gold eingeschüttet / oder als wie die Gottlose unter den Soldaten einen Schwedischen Trunck zugeben gepflegt; daraus ich abnahm / das nit allein nur die Müntzverderber selbst / sondern auch ihre Helffer und Helffershelffer in jehner Welt umb das Kippen und Wippen leyden musten.

Weil nun diese in solchem Zustand mit mir nicht länger reden konden / machte ich mich fort und kam vor einen Stall / welchen ich vor des *Augeæ* gehalten / dafern ich nicht ein altes Weib denselben hätte misten sehen / es war ein solcher Gestanck daselbst / das mich noch bedunckt wann ich daran gedencke ich hätte ihn so wol zu den Ohren als zu der Nasen hinein gerochen / ich fragte die alte Vettel wer sie wäre / und warumb sie diese abscheuliche Arbeit verrichtete? sie antwortet ich bin *Dipsas* aller Kupler und Kuplerinen Großmutter deren *Ovidius* also gedencket /

> *Est quædam (qui cunque volet cognoscere Lenam.*
> *Audiat) est quædam nomine Dipsas anus.*

Pfuy du alter Wurm was hast du vor stinckenden Mist / das du gleichsamb die gantze Höll damit durchstänckerst? sagte ich zu ihr / und hielte die Nase zu / in dem ich besorgte ohnmächtig zu werden; gemach / gemach / antwortet sie / das sind meine Kinder Söhne und Töchter / Ruffianen und Kuplerinen: welche hiebevor in jehner Welt mit ihrer Kunst so fix gewesen; das sie sich viel geschwinder als *Protheus* in allerhand Formen verstellen: und wie der *Gamelæon* in allerhand Farben verkleiden konnen; bis sie durch Gleißnerey und Unterthänigkeit; durch höfliche Wort und Lügen / durch Verheissungen und Geschencke / durch Hexenwerck und Zauberkunst und beydes durch Betrohung und Liebkosen ehrliche Frauen und Jungfrauen verführt und hingeliefert / wo sie ihren

unwiderbringlichen Schatz der Keuschheit verlohren haben / dann
da ist keine Wittib so vorsichtig / keine Frau so klug / keine Jung-
frau so züchtig / kein Vorsatz so gewiß / kein *Intention* so fest und
kein *Continenz* so standhafftig gewesen / welche nicht durch dieser
listige Erfindungen und betrügliche Vorstellungen entweder in
äusserste Gefahr gerahten / oder mit der Zeit überwunden worden
/ was Wunders ists dann nun / daß die jenige so andere zu besch-
eissen sich so offt verkleidet / sich nunmehr auch in stinckenden
Mist verändern? Du möchtest vielleicht vermeinen / weil die Mackler / Ruffianer und Kupler gemeiniglich lose nichtswürdige geringe
Leute zu seyn pflegen / so würden sie deßwegen billich zu solchem
abscheulichen Unflat gemacht; aber du must wissen / das sich mein
Geschlecht in alle Stände der Welt erstreckt / darinnen sich auch
die Käyser *Nero, Commodus* und *Heliogabalus* (als welche wie
Campridius von ihnen schreibet / sich so wohl der Kuplerey als der
Hurerey selbsten beflissen / in dem sie sich zum öfftern höchstes
bemühet / auch andere ihre Freunde den Huren zuzuführen) darinnen befinden; der unleidenliche gestanck den du reuchst / gibt
dir nur ein Beyspiel / wie unangenehm und stinckent die mit äig-
nen und fremten Sünden Beladene Ruchlose Gewissen und Unbus-
fertige Sünder vor den Augen Gottes / seiner lieben Engeln und
dem gantzen himmlischen seyen; und wann du die Augen recht
auffthun wirst / so wirst du auch noch greulicher Abscheuligkeiten
sehen; in dem wurde ich gewahr das aus dem stinckenden Misst /
der in eitel halb und bey nahe gantz vermoderten Cörpern bestund
/ an statt der so genanten Regenwürm / die sich sonst auff Erden in
gemeinen Misst zubefinden pflegen / grausame Lindwürme / Tra-
chen / Bassiliscken / Spinnen / Fledermäusen / *Scorpionen* und
Schlangen sich befanden; zur Anzeigung daß die Cupler auff Erden
/ sie kommen gleich angestochen in welcher Gestalt sie wollen /
mit ihrer Beywohnung die Seellen der unschuldigen Einfalt vergif-
ten / und wie der Basilisck thuet / auch nur mit ihren Anblick
töden: diese verfluchte Teuffels Brut verbliebe gleichwohl nicht in
jetziger erzehlter giftiger Thieren und Unziffers Gestalt / sondern
verwandelt sich in lauter Kanninichen / einen glühenden gantz
ställinen Felsen / der sich seiner grösse nach dem Taffelberg am
Caput Bonæ Speranta vergleich / bis zum einfallen zu untergraben /
weil sie auff Erden auch wie die Kanninchen zu thun pflegen /
nicht nachgelassen / biß sie allgemach und mit der Zeit manch

ehrlich standhafftig Gemüth mit allerhand listigen Anschlägen und Nachstellungen zu Fall gebracht; da ich sie dann in ihrer bittern Qual gleichsamb halb gebrathen arbeiten liesse / mich anderwerts hinbegab / der Sachen nachgedachte / und mich verwunderte / das so losse Leute ohne ernstliche Straffe auff Erden geduldet würden / die beydes sich selbst und ander in Gefahr der ewigen Verdammnus vorsetzlicher und gewissenloser Weiß stürtzen dörfften.

Folgents kam ich durch unterschiedliche Oerter der Höllen / als da die mörderische Töchter *Danai* Wasser in ein löchericht Faß giessen / wo Tantalus bis an Mund im Wasser stehet / schöne Aepffel vor sich hangen hat / und dannoch mit Hunger und Durst gequält wird / item sahe ich *Sisyphum* mit dem Stein waltzen / den Jxion das Rad umbtreiben / und andere Sachen mehr so längst hiebevor von andern auch gesehen und der Welt offenbahr worden / also daß unnöhtig etwas davon ferners zu melden.

Unter anderm kam ich auch vor ein überhohe Maur / welche in ihrem Bezirck bey vier Stück Felds in sich gefasst haben mag / auff die Art eines alten Heydnischen Schlosses verfertigt und gebauet / ohne das kein Tach und Fenster daran waren / aus diesem schlug eine dicke Feurflamme / darinnen es von Verdammten wimmelte / die darinn auff und nider fuhren wie die Erbsen in einem sidenten Hafen / so daß auch etliche / gleichsamb als wann der Hafen überlaufft / von ihnen herunter fielen / von den höllischen Geistern aber gleich wider hinauff geholet / und widerumb in die grausame Flamme geworffen wurden / weil ich dann nun gern gewust hätte / was dieses vor Leute auff Erden gewesen / erwischte ich endlich einen solchen herab gefallenen beym Flügel / und fragte ihn was ich zu wissen verlangte / wir konten einander aber wegen deß greulichen Geschreys der Verdammten daselbst nicht hören noch verstehen / derowegen giengen wir ein wenig beyseits / welches die böse Geister / so die Gefallene wider in die Flamm zu führen pflegten / gern zuliessen / daselbst fragte ich ihn / was und wer er auff Erden gewesen / und durch was vor Verbrechens willen er in diese jämmerliche Qual verdammt worden wäre? Er antwortet / in meiner Jugend war ich arm / weil ich auch von armen Eltern gebohren worden / diese hatten mich dannoch so wol beobachtet / daß ich Schreiben und Lesen gelernet / weil ich dann nun einen guten Kopff etwas geschwind zu fassen und zu behalten / darneben auch einen grossen Lust zum Studirn hatte / um mich dardurch etwan aus der beschwerlichen Armuht zu reichen / sihe / so begab ich mich an ein Ort / da man die Christliche Jugend umbsonst *instruiret*, und ward ein armer Schüler / der seinen Unterhalt von andern ehrlichen Leuten erbettelte / das triebe ich ein paar Jahr / bis ich so viel gelernet / daß ich anderer Leut Kinder auch *informirn* konte / und des offentlichen Bettlens mich zu schämen anfieng / deren Eltern mich dann zu sich in ihre Häuser nahmen / wordurch ich zu einem bessern Auskommen gelangte / und weil ich mich wohl hielte / und dardurch der Leute günstige Zuneigung zuwegen brachte / machte mich einer vom Adel zum Hofmeister seiner Söhne / darvon ich nicht allein mein gut Maulfutter / und Besoldung / sondern auch die beste Gelegenheit zu höheren Studirn bekame / so / daß ich allgemach nachgedachte / wie ich den Schatz meiner gesammelten Wissenschafften anlegen wolte / umb mir den besten und geruhelichsten Handel darbey zu schaffen /

mich duncke hierzu zu gelangen / gieng ich den sichersten Weeg /
wann ich mich auff die Theologiam legte / weil es mit der Medico-
rum und Juristen Auffkommen mißlich stehe / und auch Anfangs
härter hergehe und ein grössern Verlag brauche / also wurde ich
ein Priester / mehr meinem Bauch und faulen Madensack / als
GOtt zu dienen / hierzu bekam ich in bälde durch Simoneische
Griff eine feiste Pfarr / und ob ich mich gleich meiner armen Eltern
eben so sehr schämte / als sie sich meiner freuten / so nahm ich sie
jedoch zu mir / und brauchte den Vatter mehr vor ein Knecht /
und die Mutter vor eine Magd / als daß ich sie viel höher *respectirte,*
gleich wie nun aber ich den Priesterlichen Stande und die Pfarr
selbsten nicht umb GOttes / sondern meinet Willen angenommen /
also thät ich auch was mir beliebt und wol thät / aber nicht was
GOtt wolte und von mir erforderte / meine Horas wurden kalt
genug gesprochen / und was ich nicht auff meiner Pfarr im Gottes-
dienst aus Schuldigkeit verrichten muste / oder davon ich nichts
hatte / das liesse ich allerdings unterwegen; Jch stelte gleich Anfangs nach höheren Pfründen / brachte auch deren durch allerhand
Vörthel eine oder zwey zusammen / wie wohl ich nicht thät was ich
auff der geringsten Capploney hät thun sollen / nach meiner Eltern
Tod / deren tägliche Gegenwart gleichwohl meinen geilen Begierten den Lauff gehemmet / liesse ich dem Kützel des Fleisches / den
Zaum schiessen / und dingte mir eine glatte Köchin / deren ich
bald auslegte und bewiese / daß bey faulen müssigen Tägen und
überflüssigem Essen und Trincken Feur und Stroh nicht lang beiei-
nander ligen könte / endlich liesse ich mich auch allein mit derselbigen nicht genügen / sondern suchte auch zu Naschen bey verehl-
lichten Weibern / bey denen ich mich nicht schämte / ihre Einfalt
zu überreden / die Sünde sey so groß nicht / sintemahl auch die
alte Patriarchen ihre Kebsweiber gehabt / und dannoch GOtt ange-
nehm gewesen / daß man das gemeine Volck so überrede / be-
schehe die Todschläge zuverhinderen / welche sonst aus Eifersucht
der Männer entstünden / dabey war ich auch über die massen geit-
zig / neidig / zancksüchtig / dem Wein ergeben und nicht wenig
hoffärtig / ich mischte mich in Weltliche Geschäffte / wo ich verhoffte einen Genuß zu haben / nahm derowegen von meiner Köchin und anderen mir geheimen Ohrenträgern und Ohrenträgerin-
nen allerhand Geschwätz an / und wo mich bedunckte / daß mir
jemand auff die Kutt getretten / muste solches auff der Cantzel

hervor / da ich dann ihre geringe Fehler so gewaltig heraus zu streichen wuste / daß sie in der Kirchen / da sie Lehr und Trost zu vernehmen verhofft / vor allen Zuhörern ärger beschämt wurden / als wann sie an einem Halseisen gestanden wären / und andere ein abscheuliche Exempel hatten / ihren geistlichen Herrn besser zu *respectirn*, endlich wurde ich so verrucht und gottlos / das ich bey nahe selbst nicht glaubte / was ich andern predigte / und weil mir die Langmütigkeit Gottes zusahe / geriehte ich dahin zu gedencken / mein Beruff sey wie ein ander Handwerck oder Handtierung / sich dardurch zu ernähren und darbey zu *prosperi*ren erdacht / ob ich nun gleich obgemeldter massen meine Pfarrkinder in Furcht hielte / zumahlen mir deren Geheimnissen ihrer Gewissen bekant / weswegen sie mich billich in hohen Ehren zu halten / ich auch über diß meine Tück und Mängel mit der Heucheley und Gleißnerey artlich bemänteln konte / so machte ichs doch so grob / daß man mir in die Karte sahe / und sich ärgerte / und wann ich deswegen von einer Pfarr verstossen wurde / bekam ich an einem frembten Ort ein andere / dann mein zusammen geschraptes Gelt (welches ich hierzu und zu Contentirung meiner Concubinen / auch Beyhülff meiner armen Verwandten wohl beobachtet) mir zimlich ausholffe / wie ich nun Gottlos gelebt / also starb ich auch ohne Bußfertigkeit / und bin billich hieher verdammt worden / mehr als die Laici zu leiden / weil ich auch besser als sie Zeit / Gelegenheit und einen Stand gehabt / Gott zu dienen / solches aber alles so schändlich mißbraucht habe / neben dem / daß ich auch der gantzen Welt der Warheit des Sprichworts gewiesen / es ist kein Schwerdt das schärffer schierd / als wann ein Bettler zum Herren wird.

Jch sagte / du hast deiner Ehrwürden Schantz übersehen / wie der Blinde das Dorff / und bist so viel ich verstehe / einem Pharise-er gleicher gewesen als einem Christlichen Priester! so seynd aber unsere heutige Geistliche / sonderlich die Seelsorger / auff den Pfarren nicht gesinnet / in deme sie weit ein anders in Worten / Thaten / Leben / Sitten und Wandel würcklich erweisen / ich will dir nur den Pfarrer auff unserem Dorff zum Exempel vorstellen / welcher zwar gegen andern in den grösseren Flecken und Städten zu rechnen / noch lang nicht vor einen Heiligen / sondern nur vor einen schlechten Dorff-Priester gehalten wird / derselbe ist zwar nicht wie du (zwar vor seine Geburt und schlechtes Herkommen kan niemand) von Armen / sondern aus Reichen Eltern und einem vornehmen Geschlecht geborn / auch herrlich aufferzogen / vornemblich aber von Jugend auff / auff seiner Eltern Costen zu den Studirn / auch Erlernung anderer Löbl. Künsten unter Adelichen Ubungen aufferzogen worden / als welche im Sinn hatten / ihm seinem Herkommen gemäß zu einem ansehenlichen tapffern Herrn und Weltmann zu machen / und ihn hoch ans Bret zu bringen / darzu ihnen dann weder an Mitteln noch Gelegenheit nichts abgieng / er aber verzögerte seine Beförderung / weil er mehr Liebe zu Gott / und ein grössern Lust hatte / demselben zu dienen / als ihm in der Welt ein groß Ansehen zu machen / bis seine Eltern den Weeg aller Welt gangen / alsdann wurde er ein Priester wider aller seiner Verwandten Willen / welche / als sie sahen daß es je nicht anders seyn konte / als ihren Vettern geistlich zu lassen / ihme vermeinten auff einem reichen Stifft zu einem Thumherrn zumachen / damit er zu höherer Beförderung gelangen möchte / aber er schlug einen solchen geruhelichen Stand rund ab / deswegen sie dann dahin practicirten / daß er in unser Dorff auff die allerschlechteste Pfarr im gantzen Land gesetzt wurde / umb ihme dardurch abzumüten und zu Annehmung höherer geistlichen Dignitäten und Einkünfften zudringen / aber unser Pfarrherr gehorsambte dem Spruch / der da heist / du solst hingehen / wo ich dich hinsenden werde; er hütet unserer wenigen Heerde und speiset sie auff einer geistlichen feisten Weid / unangesehen er selbst an überflüssiger Nahrung des Leibs Mangel leidet / er stellet uns täglich vor Augen das Exempel eines wahren Apostolischen Lebens / und in dem er sorgfältig ist / seine anvertraute Schäfflein in die ewige Seligkeit vor Gottes Angesicht zu bringen / vergist er selber seines Leibs Nohtwendigkeiten / welche sonst die Natur zum zeitlichen Unterhalt eins jeden Menschen gleichsamb unumbgänglich erfordert / er hat keine Freunde / welche an den Brüsten der geistlichen Einkünfften zu saugen begehren / sondern dieselbe mit seinen eignen Patrimonio vorlängst abgespeiset / damit er mit dem jenigen so er aus seiner Pfarr gefallen seinen Leibe abbricht / den Armen zu Hülff komme / er hat weder Koch noch Köchin / Knecht noch Mägd / die ihm / wann er solte erkrancken / auch nur ein Bett machten / ein Supp kochten / oder einen Trunck Wasser langten / wird auch meines Davorhaltens keinen Silberschatz oder Gold-Gott in der

Kisten haben / auff den er sich auff dergleichen Nohtfäll zu verlas-
sen / wie er dann offt sagt / ein Pfaff solte sonst nichts beydes zum
Trost und Ergetzung als zur Nohtdurfft haben oder wissen / als
den lieben GOtt / sein Buch und ein gut Gewissen! Sein Exempla-
risch Leben ist ein immerwehrende Predig / und dannenhero ist es
mit ihm so gethan / daß / wann ihn der liebe GOtt mit leiblicher
Kranckheit heimsuchen solte / er aus seinen wenigen Pfarrkindern
mehr Pfleger und Auffwärter haben würde / die ihm getreulich zu
dienen begehrten / als mancher Bischoff aus so vielen seinen be-
stellten Dienern / massen er sie insgemein dergestalt in der Liebe
GOttes und zu dem Nächsten unterricht und erhält / daß sie nicht
allein erbar in Worten / züchtig in Geberden / andächtig im Beten
/ sondern auch überaus willfärig und begierig seynd / ihre Leiber
und ihr Vermögen anzugreiffen / umb beydes zu Gottwohlgefälli-
gen Wercken anzuwenden / kein Gasterey oder gemeine Jrten /
kein Kindstauff noch Hochzeit wird von ihm besucht noch sonst
einig Ort und Gelegenheit da man zecht / ja seinen Leib im Zaum
zu halten / trinckt er offt nicht genug Wasser; Ausser der Beicht hat
er mit keinem Weibsbild allein geredet / so lang er bey uns ist /
und scheinet im übrigen als ob er einig in den Bezirck der Kirch und
seines Pfarrhofs gebannet sey / mit Worten ist er gesparsamb /
wann er aber von der Liebe GOttes und wie man ihm dienen soll /
zu reden kommt / so höret man seine allerlieblichste Freygebigkeit
/ jemand in der Kirchen auff der Cantzel zu beschimpfen / würde
er sich / ein Gewissen machen / aber gleichwohl gehen alle seine
Zuhörer mit grösserem Haß gegen den Sünden entzündet / aus
seinen Predigten / der Welthändel Neuen Zeitungen und dergleichen Curiositäten nimbt er sich so gar nichts an / daß er denjenigen
/ die ihm dergleichen vorbringen wollen / gleich mit diesen Worten abdanckt / ich wills nicht wissen / alle Tag liset er Meß / alle
Sonn- und Feyertäg hält er Kinderlehr / darinnen sich öffters so viel
Alte als Junge befinden / sein Pfarrhof und Wohnung ist öd wie
eine *Eremitage,* aber seine Kirch ist so schön geziert / als wäre sie
noch so reich / bey den Krancken so sich jetzo vermuhtlich dem
Tod näheren / *agirt* er bey nahe / als wär er bestellt / ihnen zu
warten / damit er die geringste Minut nicht versaume / ihnen bis
zu einem seligen Ende als ein Christlicher Seelen-Hirt seine Schuldigkeit zu erweisen / er ist etlichmahl zu höheren *Digni*täten und
bessern Pfründen beruffen / so seynd ihm auch stattliche Stellen

auff ansehenlichen Stifftern angeboten worden / aber er hat bishero noch alles ausgeschlagen / unter dem Vorwand / das er hierzu nicht Capabl sey / sondern genug zu schaffen habe / sich vorzusehen / damit er seinen wenigen Pfarrkindern / die ihm GOtt Anfänglich vertraut / recht vorstehe / also lebt nun unser Pfarrherr / und wird ein Zeit wie die ander / weder lustiger noch trauriger gesehen / und wann ich dir seinen Eifer / seine Mühe und Arbeit / seine Gedult / seine Demuht / seinen Fleiß / und in Summa alle seine übrige Tugenden ausführlich erzehlen solte / so müste ich einen gantzen Tag darzu haben / was ich dir aber von ihm gesagt / das verstehe auch von allen Geistlichen unserer Zeit / doch mit dem Unterscheid / daß gemeiniglich die Meinste weit vollkommener seynd als unser Pfarrherrn / gibt mich derowegen Wunder / daß du allein deiner so gar vergessen hast.

Ja wol allein / antwortet er / ich hab noch viel Cammerraten / welche an diesem Ord mehr Qual ausstehen als alle andere Verdampte in der gantzen Höllen; dann mancher der 4. oder 5. *Beneficia, præben*ten / und *canonica*ten gehabt / aber an keinem Ort gethan was er thun sollen / muß auch 4. oder fünffach leyden / und wann dir gegönnet wäre unsre Peinen zusehen / so müssest du vor Schräcken und entsetzung sterben;

Jhme wurd nicht länger zugelassen mit mir zureden / dann es packte ihn einer ohngefehr an und führte ihn wider hin / woherunter er gefallen war; ich aber kam vor ein weites Gewölbe welches durchaus mit finstern Feuerflammen erfüllt war / darrinnen sassen lange Bäncke voller nackender Leuthe / wie sonst in einer gemeinen Badstuben / denen grausame Bader und Badknecht schrepffen; ihre Fliethen oder Schrepffeysen waren so groß und dick auch in solcher Form als wie die Hufeisen / gantz glühent / mit denen sie den armen Badgästen alle streich / nicht nur die Haut sonder alle Gebein an Schulderplättern Rippen und Länden entzwey schlugen / das Blut und Fett an dem Eisen prudelte; was hiervon vor ein jämmerlich Geschrey gehöret wurde / ist nicht auszusprechen; ihnen wurden Laßköpffe oder Schrepfhörner angesetzt in Kübelmässiger gröse / welche beydes den Rucken und Bauch in sich zogen / und weil sie gleichfalls glühend waren / eine unsägliche Pein verursachten; so wurde auch etlichen mit gantz glühenden Pantzerflecken so unsäuberlich ausgetrieben / das Haut und Fleisch

vollents weg gieng / und man ihnen das Gebein und Jngeweid
sehen konde; so sahe man auch bey dem zwagen keine geringere
Qual / weil der Baderknechte scharffe Klauen alle Strich bis auffs
Hirn giengen / und ihre Lauge brennender Schweffel war; ich hätte
gern den einen oder andern umb die Ursach ihrer Pein gefragt / so
konten sie mich aber wegen ihres eignen Geschreys nicht hören /
noch wegen ihrer Qual Antwort geben / bis endlich ihrer etliche
auff eine kleine Zeit ausgebadet hatten / die berichteten mich / das
sie auff dieser Welt / Wirthe / Müller und dergleichen Leute gewesen / die andere in ihren Handtierungen übernommen welches sie
aber Schrepffen genannt hätten; und dannenhero würde ihnen wider geschrepfft; weil die jenige nun so mit mir redeten / ein Linderung ihrer Pein empfanden / so wolte derohalben ein jeder sagen
was ich wissen wolte / weßwegen ich wie in einen Tumult gar
nichts vernemmen konte / begehrte derowegen allein von einen die
Ursach seiner Verdambnus und wie er auff Erden gelebt / zuwis-
sen; der antwortet mir / ich war ein Wirth / der voller List / Betrug
und Tück steckte / und bey welchem weder Treu noch Glauben
zufinden / dann ich hatte Augen und Hände nicht auff Lieb / Ehr /
Freundlichkeit Dienst und Notturfft der Gässte: sondern auff meinen eigenen Nutzen und Gewin gerichtet; mein Herberg stunde
offen den Hurern Spielern / Fluchern und Vollsäuffern / deren sie
täglich voll stacke / kam mir dann ohngefehr ein frembder unter
die Klauen so zwagte und schrepffte ich seinem Beutel eben so un-
barmhertzig als man jetzunder mir thut / so / das er zusammen
fallen mögen wie eine Wandlaus; alle Büberey und Gottlossigkeit
der Gäste von seltzamen Auffzügen und Narrentheidungen / Huren / Fluchen / Spielen / Raßlen / Schreyen / Jöhlen / Gottslästern
/ liesse ich zu und nahm Gelt darvor; ich machte ihnen dessen teu-
rer Jrrten / weswegen man mir jetzt schrepfft; ich taufft den Wein
mit Wasser / warum man mir jetzo zwaget / ich schrieb mit dop-
pelter Kreide / darum man mir dann so ausreibet / alles war in
meinem Haus lausig und unsauber und lies mir doch alles wohl
bezahlen / darumb muß ich jetzo so heis baden / und wie ich war /
so hatte ich auch mein Gesind abgerichtet / darüber beklagten sich
zwar die arme: und die Reiche verspien sich selbst / das sie bey
einem solchen Schinder eingekehrt / die Hirnschellige verfluchten
mich und die gantze Welt hat genug von mir und meines gleichen
zusagen / ich aber hielte es nur vor einen Schertz / bey GOtt und

Menschen verhasset zu sein / wann ich mir Gelt *prosperirte* und ob mirs gleich *Ludovicus Bigus,* der zu meiner Zeit gelebt / wie man mir und meinen *Collegen* Glück zuwünschen pflege / mit nachfolgenden Worten / zuverstehen gegeben / so tröste ich mich doch / Katzengebet gehe nicht gehn Himmel?

In felicem utinam traducas caupo juventam
Sitque tibi multis plena senecta malis
Putrulus hirsutis distillet narib. Humor
Decidat ex oculis plurima gutta tuis,
Sit Scabiosa cultis, putrescant sordibus aures
Spumea convulsis dentibus ora fluant
Pectora turgescant, turgeseant terga, lacertos
Contractos habeas invalidasque manus.

Das ist:

Daß du in Jugend und Alter dein
Allzeit müssest verfluchet seyn /
Die Naß mit Schnupffen stets erfüllt /
Und für Triefen dein Augen verhüllt /
Der Grind und Grätz dein gantzen Leib /
Einnehm / deim Maul kein Zahn mehr bleib /
Daß du hinden und forn ein Buckel bekommst /
Darzu an Händen und Füssen verlahmst.

Vielweniger besserte ich mich aus dem / was mir die Prediger vorhielten / dann ich dachte sie stellen selbst dem Gelt und Gut nach / und also hausete ich hinaus / bis mich der Tod ergriff / und in diese Bad-Stube schickte.

Jch sagte zu ihm / nunmehr aber erkennest du / was du gethan hast / aber unter tausend Wirthen auff Erden / wird man keinen solchen schlimmen Vocativum finden / als du einer gewesen bist / dann sie sind alle wie Cimon Atheniensis / von welchem *Theophrastus Lib. de Operibus Piis* rühmet / daß er sich / sein Haus und seine Knechte mit höchster Freundlichkeit den Frembden zu Dienst angeboten und gebrauchen lassen / dann also ist auch aller unserer Wirth vornemster Zweck / daß die Frembde und Wanders-Leute bey ihnen freundlich auffgenommen / mit Speis und Tranck gebührlich versehen / und mit nohtwendiger Ruhe erquickt werden /

wie sie dann aus Christlicher Liebe und gar nicht aus Begierde reich zu werden / den müden und verschmachten Frembdlingen / die ihre Zuflucht zu ihnen haben / ihre Thor öffnen / und sie mit aller Nohtwendigkeit umb eine ehrliche und geringe Gebühr versehen / da ist kein gemeiner Sprichwort / als daß man sagt / der Wirth sey des Gasts Vatter! Was aber das Wort Vatter vor eine Bedeutung und starcken Nachdruck hinder sich habe / ist unaussprechlich / wie solte dann ein Vatter sein Kind umb sein gut Gelt mit vermischtem Wein betriegen / mit zu theurer Rechnung übernehmen und mit geringer und falscher Messung hinders Liecht führen / und sich selbst dardurch in die ewige Verdammnis stürtzen können? O sagte ein anderer / so auch darbey stunde / ich war ein Müller und nahm das Maß nur zu voll / und bin doch auch hier; das macht / antwortet ich / daß du einnahmest / und also deinen Mahl-kunden / wie dieser Wirth seinen Gästen schrepfftest; Jch solte gleichwohl / sagte der Müller ferners / deswegen nicht verdammt worden seyn / dann ich verfuhr in meinem Moltzern viel gerechter als mancher Richter / in dem ich ein durchgehende Gleichheit hielte / und mich weder Gunst noch Mitleiden anders zu thun bewegen liesse / als Geistlich und Weltlich / Edelmann und Bauren / Reich und Arm / wie sie nacheinander zur Mühlen kamen / über einen Kamm / ohne einigen Unterscheid zu scheren / welche schöne Gewohnheit man wohl auff manchen Rahthause nicht finden dörffte / und wann du aber allen Jammer / alle Arbeit / Mühe und Elend wistest / die ein Müller ausstehen muß / ich auch in meinen Leben überstanden / so würdest du selbst gestehen müssen / daß mir zu viel geschiehet / dann sihe / nach dem ich mein Handwerck gelernet und ausgewandert / mich auch mit einem Weib versehen hätte / muste ich viel verschencken / bis ich eine Mühl umb genugsamb theure Pfracht oder Sült antraff / auff deren ich meinen Nutzen zu schaffen verhoffte / aber ich fande sie gleich den ersten Tag an allen Orten baufällig / mangelhaft und kranck / daß ich nicht nur einen / sondern etliche Mühl-Aertzt suchen und bellen muste / ihr etlicher massen zu recht zu helffen / und da ich sie zu brauchen vermeinte / fande ich der Mängel je länger je mehr / und zwar so viel / das ich den Tag verfluchte / auff welchen ich den ersten Fuß hinein gesetzt / bald giengen die Gäng nicht recht / bald waren die Steine zu hart / oder zu weich / oder zu glat / der Boden nicht eben / bald mahlet sie zu viel / bald zu wenig / bald war der Trichter zu weit / das Werth zu eng / oder fiel ein / bald brach das Wasser aus / und zerriß mir Teich / Schleussen und Wasser-Bau / Jn Summa / wo ich nur hin sahe / da fand ich nichts als lauter Unglück und Schaden; Da erschellet mir das Tach / das mir das Wasser oben an allen Orten hinein tropffte / und wann ich oben kaum gewehret / so war kein Stern unten / da legt sich der Unrad ins Wasserbrett / dort riß das Werth aus / im Winter hat ich Tag und Nacht zu Eisen / im Sommer kam eine Dürre / bald fiel das Wasser zu hart / bald brach ein Rad / oder sonst etwas / bald lieff etwas ans Wasser-Rad / bald faulten die Schauffeln / die Wellbäum / die Pfähl / bald kam ein ander Unglück / daß ich fast allezeit den Beutel muste in Händen haben / wo solte ich aber alles hergenommen haben / wann die Säck nicht gewest wären? geschweige jetzt / daß ich ohne daß so hoch mit der Gült übernommen war / daß ich nirgents hätte fortkommen / noch bekleiben / vielweniger etwas vor mich bringen können / wann ich nicht mich zu behelffen gewust / sondern endlich im Spittal hätte sterben wollen / über daß muste ich Tag und Nacht das Getümmel der Mühlen hören / davon ich taub hät mögen werden / das Wasser und der Staub verursachten mir mancherley Flüß und Zustände / und keinen Sonn- und Feiertäge konte ich weder zu der Seelen / noch des Leibs Trost- und Erquickung geniessen / weil meine Kunden Meel von mir haben wollten / wann es gleich auff den heiligen Pfingst-Tag war / und endlich so muste ich selbsten hinden und fornen daran seyn / Tag und Nacht in der Mühl stecken / hier Kämm und die Räder zurichten / dort den Stein lüfften / behauen / bald gar abwerffen / und an allen Enden in dergleichen müheseligen Arbeiten selbsten zu greiffen.

Jch antwortet / unsere Müller seynd noch auff den heutigen Tag / solcher Arbeit und Beschwerlichkeiten nicht überhoben / aber sie übersehen es mit einer Christlichen Gedult / und stehlen darumb nicht wie du gethan zu haben bekennest / sondern halten einem jeden das seinig fleissig zusammen / nach dem sie nichts mehr als ihre Gebühr darvon empfangen / daß dir Unrecht geschehe / glaub ich schwerlich / weil ich noch keinen andern Verdammten solches klagen hören; Ja! sagte der Müller / das Meel ist so eine anklebige Materia / daß es sich einem überall in die Kleidungen / in Bard und Haar / ins Angesicht ansetzet / warumb solte dann einer so hart zu straffen seyn / wann es einem auch an den Händen hängen bleibt.

Jch sahe wol das der Müller noch ein Schalck war wie er auff Erden einer gewessen sein mag / derowegen liesse ich ihn stehen und gieng über einen grossen Platz der überal mit Spinweben von Seiten und Zwirn aus allerhand Stoß und Farben übersponnen war / diesse waren da und dort mit dafften / auch silbern und gulden Banden / Galaunen / Schnüren / Knöpffen / Haften / stücklein Sammet / Taffet / Tuch / und allerhand Zeuch so Seiden als Wüllen / halb- und gantz Leinen: Ja auch so gar mit Zwilch gezieret / in denselben aber hingegen wie die Mucken oder Fliegen in unsern Spinwebben / allerhand Mannsbilder von unterschiedlichen Trachten und Kleidungen / massen sich etliche den *Allemode Monsiern* andere Gemeinen Bürgern: und andere etwas stöltzer als Bauren bekleidet befanden / sie kriegten ohne Unterlas einige Ripstösse von etlichen Böcken / daß ich all Augenblick vermeinte / das Geweb würde mit den Tropffen herumb fallen / oder das wenigst zerrissen / aber es war so eine leichte War das es nicht geschahe / ich hätte gern mit ihnen geredet / um zu vernemmen / was wunders diese seltzame Abenteuern bedeute / aber wie mich bedunckte / so waren sie viel zu hoffärtig mir auff mein Zuschreyen zu antworten / und dennoch es ohne das gar starck selbigem Ort böckelte / so / das ich mich die Länge nicht alldorten zubehelffen getraute / als gieng ich weiters und kam vor eine enge Thür / dardurch ich mich kaum zwingen oder tringen konte / gelangte aber gleich darauff in einen langen Gang der Berg-auffwerts in Felsen verfertigt war / zu dessen Ende / ich vor einen Schrecken oder Windelstege kam / und dieselbe zu steigen anfieng auch nicht nachliese wiewohl ich unterschiedlichmal ruhen muste / bis ich in der Baumans Höle mich befande / alwo ich seltzame Sibensachen gesehen / aus welcher ich nach wegweis und Anleitung eines Erdmännleins gekrochen / und mich von dannen nach Hüttenrod mich begeben / alwo ich erfahren / das ich siebenzehen Meylen nach Haus zu gehen hatte / alwo ich dann nach viertagen glücklich anlangte / aber weder Kräuter noch Wurtzeln in meine Apoteck mitbrachte.

ENDE.

Über tredition

Eigenes Buch veröffentlichen

tredition wurde 2006 in Hamburg gegründet und hat seither mehrere tausend Buchtitel veröffentlicht. Autoren veröffentlichen in wenigen leichten Schritten gedruckte Bücher, e-Books und audio-Books. tredition hat das Ziel, die beste und fairste Veröffentlichungsmöglichkeit für Autoren zu bieten.

tredition wurde mit der Erkenntnis gegründet, dass nur etwa jedes 200. bei Verlagen eingereichte Manuskript veröffentlicht wird. Dabei hat jedes Buch seinen Markt, also seine Leser. tredition sorgt dafür, dass für jedes Buch die Leserschaft auch erreicht wird.

Im einzigartigen Literatur-Netzwerk von tredition bieten zahlreiche Literatur-Partner (das sind Lektoren, Übersetzer, Hörbuchsprecher und Illustratoren) ihre Dienstleistung an, um Manuskripte zu verbessern oder die Vielfalt zu erhöhen. Autoren vereinbaren direkt mit den Literatur-Partnern die Konditionen ihrer Zusammenarbeit und partizipieren gemeinsam am Erfolg des Buches.

Das gesamte Verlagsprogramm von tredition ist bei allen stationären Buchhandlungen und Online-Buchhändlern wie z. B. Amazon erhältlich. e-Books stehen bei den führenden Online-Portalen (z. B. iBookstore von Apple oder Kindle von Amazon) zum Verkauf.

Einfach leicht ein Buch veröffentlichen: **www.tredition.de**

Eigene Buchreihe oder eigenen Verlag gründen

Seit 2009 bietet tredition sein Verlagskonzept auch als sogenanntes "White-Label" an. Das bedeutet, dass andere Unternehmen, Institutionen und Personen risikofrei und unkompliziert selbst zum Herausgeber von Büchern und Buchreihen unter eigener Marke werden können. tredition übernimmt dabei das komplette Herstellungs- und Distributionsrisiko.

Zahlreiche Zeitschriften-, Zeitungs- und Buchverlage, Universitäten, Forschungseinrichtungen u.v.m. nutzen diese Dienstleistung von tredition, um unter eigener Marke ohne Risiko Bücher zu verlegen.

Alle Informationen im Internet: **www.tredition.de/fuer-verlage**

tredition wurde mit mehreren Innovationspreisen ausgezeichnet, u. a. mit dem Webfuture Award und dem Innovationspreis der Buch Digitale.

tredition ist Mitglied im Börsenverein des Deutschen Buchhandels.

Dieses Werk elektronisch lesen

Dieses Werk ist Teil der Gutenberg-DE Edition DVD. Diese enthält das komplette Archiv des Projekt Gutenberg-DE. Die DVD ist im Internet erhältlich auf **http://gutenbergshop.abc.de**

Zeitfracht Medien GmbH
Ferdinand-Jühlke-Straße 7
99095 Erfurt, Deutschland
produktsicherheit@kolibri360.de